BUZZ

© Thaís Vilarinho, Beatriz Singer, Thaís Poetha, 2025
© Buzz Editora, 2025

Publisher ANDERSON CAVALCANTE
Coordenadora editorial DIANA SZYLIT
Editor-assistente NESTOR TURANO JR.
Analista editorial ÉRIKA TAMASHIRO
Estagiária editorial BEATRIZ FURTADO
Preparação GIULIA MOLINA FROST
Revisão LAILA GUILHERME e VICTÓRIA GERACE
Projeto gráfico ESTÚDIO GRIFO
Assistente de design LETÍCIA DE CÁSSIA
Fotografia de capa PAULO MENDES
Lettering NATALIA SIMONE DE ANDRADE
Imagem de miolo FREEPIK

Nesta edição, respeitou-se o novo Acordo Ortográfico da Língua Portuguesa.

Dados Internacionais de Catalogação na Publicação (CIP)
(Câmara Brasileira do Livro, SP, Brasil)

Vilarinho, Thaís
Mar de mães / Thaís Vilarinho, Beatriz Singer
e Thaís Poetha
1ª ed. São Paulo: Buzz Editora, 2025
240 pp.

ISBN 978-65-5393-429-0

1. Ficção brasileira. I. Poetha, Thaís. II. Singer, Beatriz.
III. Título

Índice para catálogo sistemático:
1. Ficção: Literatura brasileira

Eliane de Freitas Leite, Bibliotecária, CRB 8/8415

Todos os direitos reservados à:
Buzz Editora Ltda.
Av. Paulista, 726, Mezanino
CEP 01310-100, São Paulo, SP
[55 11] 4171 2317
www.buzzeditora.com

mar de mães

Thaís Vilarinho, Beatriz Singer
e Thaís Poetha

*Com todo o nosso amor para as mães que já foram,
para as que estão aqui e também para as que estão por vir.*

prefácio
mar de mães, mar de filhas

"Uma mãe não é nada além de uma filha que brinca."
Elena Ferrante, em *A filha perdida*, trad. Marcello Lino

Um mar de mães é, necessariamente, um mar de filhas. Mas de filhas de um tipo especial, do tipo que precisa lidar de novo com a mãe. Quando somos pequenas, tendemos a idealizar nossas mães a ponto de querermos nos tornar exatamente como elas. À medida que crescemos, no entanto, nos deparamos com as falhas das nossas mães, com seus fracassos e fraquezas, além da imensa fortaleza que conhecemos no comecinho de nossa vida.

A consequência é que, aos poucos, vamos querendo crescer para, também, sermos diferentes delas. Essa desilusão que vivemos com nossas mães costuma se evidenciar na adolescência, quando, de maneira agressiva, tantas vezes escancaramos nossa decepção com a mulher que é nossa mãe. E aí tudo parece ser culpa dela: porque se separou, porque não se casou, porque foi trabalhar, porque não foi trabalhar. Um desencontro radical entre mãe e filha aparece aí: "cadê a minha menininha?", pergunta-se a mamãe. "De que menininha você está falando?", responde a filha, desidentificada do lugar de objeto precioso para a mãe. Aí você pode estar pensando: "Mas ora, com o pai isso tudo também acontece". E a verdade é que não. A menina precisará se identificar com a mãe não apenas como mãe (o que já não é pouca coisa), mas também precisará se identificar com a sua mãe e ao mesmo tempo rejeitar algo dessa identificação enquanto mulher.

Diferentemente, o menino não precisará lidar com a figura de sua mãe enquanto mulher, apenas enquanto mãe. Não é por acaso que, com frequência, temos notícias de boas relações entre mães e filhos e, também com uma frequência espantosa, de relações entre mães e filhas que são sofridas e doloridas. São raros os casos de mães e filhas que encontram alguma harmonia desde sempre. O mais comum é que elas encontrem maneiras amorosas e apaziguadas de se relacionar após alguma forma de afastamento, ora causada pelo casamento, ora pela maternidade, ora pela mudança de cidade etc.

Ao se tornar mãe, independente do sexo do bebê e mesmo que tenha encontrado com a própria mãe uma forma de relacionamento amistosa, necessariamente ela, filha-agora-mãe, precisará rever sua relação com a mãe, que, vale dizer, também é filha. Mesmo se a mãe dela não for presente, se já tiver morrido, que seja, ela ainda assim precisará rever essa relação. Porque não se tratará mais da mãe da realidade, aquela que tem um número de CPF e precisa fazer exames de sangue de vez em quando, mas da mãe que ela, a filha, internalizou.

Que menina nunca disse para a mãe, com a boca cheia, algo como "eu nunca vou fazer isso com meu filho" ou "eu nunca vou ser como você"? Que mãe nunca vivenciou a sensação de estranheza que é repetir exatamente o que a mãe fazia, mesmo se lembrando de que havia prometido não fazer — e ainda assim não conseguir fazer diferente? É claro que tantas coisas fazemos diferente de nossas mães, mas coisas inimagináveis se repetem. E, ao maternar, revivemos nossa relação de amor e ódio com elas.

Para nos referirmos à mulher que somos, cada uma de nós tem uma ou duas palavras especiais reservadas: o nosso próprio nome (ainda que tantas vezes essa palavra tenha sido escolhida pelo pai e... pela mãe). Já para nos referirmos à mãe que somos, a mesma palavra diz algo de todas nós: *mães*. Na maternidade, vivemos uma espécie de coletivo, porque o filho da outra a gente sente sendo um pouco como nosso, e é indiscutível que amamos de um jeito muito fácil as pessoas que sentimos amar nossos filhos. Uma criança que pede pela mãe precisa sempre ser atendida por uma de nós, é uma espécie de pacto velado que fazemos quando nos tornamos mães, um mal do qual sofremos — ainda que nessa sociedade tão individualista como a que vivemos hoje —, uma espécie de "mar de mães".

Neste livro, é isso que vemos, histórias de mulheres que estão escrevendo suas próprias histórias à medida que reescrevem suas histórias com as próprias mães, tanto as "pessoas físicas" como as "pessoas que ficaram introjetadas em nossos corpos". São histórias que nos conectam a esse mar, que nos invadem e, por vezes, fazem escapar um pouco dele pelos olhos. São lembretes de quanto, algumas vezes para umas, e tantas vezes para outras, só podemos contar com nós mesmas e algumas outras que também se deixam invadir por esse a/mar.

Boa leitura!

ANA SUY
Psicanalista e escritora

Thaís, por Sabrina Petraglia

"A Thaís é sensível, sonhadora e muito parceira de suas amigas. Mergulha de cabeça na maternidade e, nesse mergulho, procura entender seu passado e lidar com o presente para iniciar um novo tempo, descobrir uma nova Thaís. É muito bonito observar e sentir na pele o seu processo. Eu torço por ela assim como torço por mim."

Erika, por Fernanda Rodrigues

"A Erika é uma mãe que, mesmo trabalhando muito, se esforça para se fazer presente na vida dos filhos. É uma amiga disponível e leve, pronta para descontrair nos momentos difíceis. Sua vida é uma maratona, e ela enfrenta desafios para equilibrar tantos pratos. Aos poucos, aprende a ouvir seu coração. Eu tenho muito dela em mim. Eu poderia ser a Erika. Ou melhor, eu sou."

Zilda, por Pathy Dejesus

"Zilda busca o equilíbrio. É uma mulher espiritualizada, que ama a natureza, e isso se reflete em sua personalidade calma, doce, sutil. A amiga que escuta e que, quando fala, o faz com profundidade. Me conecto com ela na forma espiritualizada de enxergar o mundo, na escolha de onde canalizar minha energia e na sobrecarga de criar um filho sozinha."

parte um
mães do mar

capítulo um
muitos motivos *para* não chor*ar*

Thaís veio de supetão. Sua mãe não pretendia ter um bebê nos braços tão cedo. O choro constante e a necessidade de calor humano faziam com que a mãe quisesse, na verdade, uma certa distância. Era uma mãe como todas as outras. Em momentos de desespero, soltava frases fortes e depois se arrependia. "Alguém segura essa criatura, senão eu não respondo por mim!" Ao mesmo tempo, era a forma que sua bebê encontrou, que todos os bebês encontram, de manter a mãe por perto. E deu certo. Com o tempo veio o amor, aquele arrebatador. E Estela sabia demonstrar. Não passava um dia sem dizer à filha que a amava. Fazia penteados em seus cabelos, esperava que Thaís admirasse o resultado no espelho e, enquanto isso, passava levemente as unhas nas suas costas para ver o bracinho se arrepiar.

Mesmo com todo o afeto, Thaís cresceu emotiva e insegura. Quando criança, chorava por qualquer arranhão, qualquer provocação. O pai dizia: "Cair é importante, filha. Nos força ao exercício de levantar. Só quem cai consegue voar". Mas chorar também era importante se o tombo fosse brabo. Às vezes se escondia, às vezes não dava tempo e ela chorava, chorava.

Thaís era parecida com o pai: conversava em metáforas, vivia sonhando. Ele teria sido a pessoa perfeita para ter ao lado durante o puerpério. O pai sussurraria em seu ouvido as melhores ponderações sobre a vida quando ela achasse que não saberia mais viver. Era muito diferente de sua mãe, pragmática, mas acabou seguindo seus passos e tendo filho cedo. Engravidou aos 27, foi a primeira da turma a ter bebê. Sonhava com a gravidez, com a sensação de segurar seu próprio pacotinho de amor. De pequena, brincava de boneca todos os dias. Ninava, dava comidinha, dava banho, colocava para dormir. É claro que, adulta, ela não imaginava que ter um filho seria a mesma coisa. Mas jamais imaginaria que a realidade seria tão diferente.

Suas amigas, naquele exato momento, estavam felizes voando de liberdade em liberdade. Não se preocupavam com Thaís — menos por falta de interesse do que por achar que tudo ia bem, que ela tinha sumido porque queria espaço e que seriam incompetentes para aconselhá-la sobre maternidade. Por sua vez, Thaís, que passou a vida inteira falando de sua vontade de ser mãe, chocaria as amigas se a vissem assim, perdida e descabelada, chorosa e desesperançosa, procurando um caminho de volta que jamais existiria.

~~~

Nas primeiras horas, em uma varanda de frente para o mar, estava Thaís. Os olhos carregados de água e sal. Como o mar, as lágrimas pareciam sem fim. Todos os dias era assim. A manhã era o pior. As olheiras contrastavam com a pele clara e lhe lembravam um panda. Ela não riria da piada nem se viesse da avó seguida da mais contagiante risada asmática. Nos braços, um bebê de dois meses.

Thaís ainda não havia nascido. Não como mãe. Todos os dias, precisava se lembrar de abraçar o filho com ternura. Era como um mantra. Bento, é claro, não tinha culpa de nada. Era ela quem carregava tudo sobre os ombros tensos de tentar ajustar a pega e amamentar sem dor. Mais um fracasso: doía de qualquer jeito. Tinha a sensação de que seus seios iriam explodir a qualquer momento. Cada abocanhada de Bento era uma punhalada. A visão turvava, ela prendia o ar, não gritava embora a boca ficasse escancarada. Pelos primeiros trinta segundos ela rugia em silêncio para não assustar o filho. Aquilo tudo lhe lembrava de que nem seu seio lhe pertencia mais. Não sabia mais onde seu bebê começava, onde terminava, onde ela começava e terminava. Por ora eram apenas um. Eram ambos o bebê com suas próprias vontades e incômodos. E era função de Thaís decifrar cada choro, cada sono. Separar-se. Nem sempre era capaz. Ela mal conseguia diferenciar dia e noite. Era tudo um emaranhado impossível. Dava de mamar, dali a pouco já estava dando de novo, de repente já era noite e não tinha conseguido pentear os cabelos, escovar os dentes. Doíam os peitos, as costas, os braços, mas, principalmente, um músculo exausto e solitário: o coração.

Ela sabia do dano mental que a privação de sono poderia causar. Orientava pacientes todos os dias a manterem uma boa higiene do sono. Agora, mais do que nunca, mais do que nos livros e cursos, ela entendia por quê. As madrugadas pareciam não ter fim. Bento chorava, ela acolhia, dava de mamar, trocava, colocava no moisés, ele chorava de novo. Ela chorava junto. Como era possível ser feliz assim? Deixava, à noite, todas as luzes do banheiro acesas e sentia saudade de dormir no breu. Por uma fresta enxergava e cuidava de seu bebê. Tinha a sensação de que era a única no mundo acordada ali, desesperada. Pensava no pai e imaginava que ele estava ali, sob a passagem de um portal para a realidade, mas não se convencia sempre. A dor e a solidão, durante a noite, são brilhantes e eternas em seus sadismos.

Mas o dia já estava ali, tudo parecia um pouco mais difuso, mais calmo, o pó assentando após mais uma noite de furacão. Lá fora, o mundo seguia alheio ao seu puerpério. Na areia fofa da praia, pessoas começavam a caminhar, os mais animados a correr em busca de seus objetivos. Ambulantes já preparavam os produtos para o dia de sol, como ontem, como amanhã. Um casal, desses que acordam junto com as galinhas, já estava sentado em cadeiras de plástico de mãos dadas, protegidos pelo mesmo guarda-sol. Thaís nunca havia pensado que morar de frente para a praia pudesse ser uma tortura. Desde que deu à luz Bento, olhar pela janela virou um atestado de alienação, uma prova de que qualquer pessoa no planeta era mais livre do que ela.

No visor do celular, já eram quase oito da manhã. Thaís assistia sem entusiasmo à promessa de um dia daqueles iluminados, desde cedo dourado de um sol que teimava em entrar por todas as frestas. Era começo de abril, o céu só tinha azul e era um pecado ficar de mau humor. Não havia permissão para reclamar dentro de um comercial de margarina.

Ela olhou em volta: tinha um apartamento decorado, espaçoso e próprio. Não precisava se preocupar em estar com as contas em dia. Tinha (um dia teve) uma carreira de relativo sucesso. Não fazia muito tempo que havia terminado a faculdade de medicina, mas o pai fez o que tinha que fazer para que ela abrisse um consultório já movimentado. As fotos pelo longo corredor exibiam a festa de casamento inesquecível, a lua de mel na Itália, fotos da infância de Thaís e de Victor, um bebê saudável nos braços da nova mamãe, abraçada por trás pelo marido carinhoso e protetor. Uma família feliz. E Thaís chorava.

Já na terceira xícara de café, ansiosa pela chegada de Rosa, Thaís refletia sobre sua rotina. Tudo bem o Victor não acordar à noite para ajudá-la. Fazia todo o sentido ele dormir em outro quarto durante a semana. Ela estava de licença, ele precisava dormir para trabalhar. O que Thaís fazia agora era sua função. Seu novo trabalho em todos os turnos de todos os dias da semana. Não remunerado. Na verdade, não tem como aquilo ser trabalho. Em qualquer emprego, por mais abusivo que seja, ainda existem as noites e os domingos para descansar.

Durante a semana, a rotina era infalível. O despertador do marido tocava às sete e quinze. Ele se arrastava para o banho. Às oito, aparecia na sala, os olhos já esbugalhados e os dedos frenéticos sobre o telefone. Logo sairia para uma reunião no mundo. Ela já estava em pé fazia tempo. Encarava-o exausta, já com lágrimas nos olhos, um novo dia a ser enfrentado. Ele tomava café muitas vezes de pé, o cabelo ajeitado com pomada, a barba feita, o perfume forte demais para um bebê que já deveria estar acordando da primeira soneca. Sentia inveja, é claro. Nada parecia ter mudado na vida de Victor; a pressa com que ele fazia as coisas de manhã era a mesma de antes de Bento nascer. Que sorte a dele, sair para trabalhar. Ela cheirava o roupão e percebia que o leite devia ter vazado na madrugada. Talvez seja esse o motivo de Victor jogar seus beijos de longe. Ela agora fedia, azeda.

Todos os dias — era mais forte do que ela — Thaís arriscava um carinho na mão do marido. Ele usava ternos que pareciam capas de super-herói. Continuava lindo, saía do escritório e ia direto para a academia. Não vivia sem atividade física. Thaís dava a maior força, Victor ficava com um mau humor insuportável se pulasse um só dia de esporte.

Naquele dia, como em todos os outros, o marido se levantou, seguiu com sua rotina matinal e apareceu na sala de celular e *airpods*, jogando para Thaís um beijo fantasma no ar, assim a pessoa do outro lado da linha não ouviria. Victor ainda apontou para o quarto de Bento, mostrou o relógio e fez um joia com o polegar. Sem falar, quis dizer "ele ainda dorme, essa noite ele esticou!", alheio ao fato de que aquela já era a primeira soneca do dia. Seu filho acordava religiosamente às cinco da manhã, e ele não sabia.

Em sincronia, a babá eletrônica trombeteou a realidade: era Bento que chorava. Ele acordava berrando toda vez. Thaís sentiu a onda de palpitações que vinha a cada choro. Parecia que tomava um choque. Tudo iria recomeçar. Não era isso que ela tanto desejou, um filho para completar a família? Mais uma vez ela foi vítima de sua ingenuidade. Como a gente pode saber o que quer antes de saber como é?

— Amor, você vai comigo pegar o Bento rapidinho antes de sair? — Pedir companhia para trocar uma fralda era um pedido de socorro.

No quarto, mais motivos para não chorar. Um bebê saudável era para agradecer de joelhos. Ela pegou Bento no colo, insegura, afinal ainda estava conhecendo aquele pequeno ser. Ele já tinha dois meses, mas Thaís sentia que ainda não sabia nada. Quem foi que criou a expressão "nasceu para ser mãe"?

Sentia-se um alien em todos os lugares.

— É normal, mamãe — dizia a pediatra. — Bebê chora mesmo, alguns mais, outros menos. É assim que ele se comunica no começo. Depois vai melhorar.

Mas Thaís não conseguia aceitar. Saía do consultório em silêncio, tinha medo de contrariar a médica, mas chegava em casa e buscava consolo no marido, mesmo já sabendo o que ouviria em resposta.

— Será que o meu leite é fraco? O Bento passa tanto tempo mamando e chorando...

E como é que Victor saberia? Bem ele, que não parava de olhar o celular? Victor tinha sempre uma rota de fuga chamada reunião quando não queria conversar.

— Liga pro pediatra para ver se ele ajuda, de repente tem algum remédio, sei lá.

— *A pediatra, Victor. É mulher.*

Ele acenava mais uma vez, ligeiramente irritado, com pressa, e, um pouco mais distante do que ontem, batia a porta atrás de si.

Thaís estava com o bebê na poltrona de amamentação. Ao longe, o som de Rosa chegando para sua jornada de trabalho. De perto, um silêncio entrecortado por resmungos que já faziam seu coração disparar novamente. Ela precisava alimentar aquela criança antes que recomeçasse o chororô. Havia muito que o botão da blusa já ficava permanentemente desabotoado e não tinha mais paciência para soltar o bojo do sutiã de amamentação; apenas sacava o peito por cima de tudo.

— Vamos lá, filho, me ajuda aqui!

Miraculosamente, naquele dia ensolarado e triste, Bento começou a mamar. Thaís gemeu com a dor, mas respirou aliviada. Ela quase escutava o barulho do mar por cima dos goles vorazes do filho. Foram alguns minutos de paz, bruscamente interrompidos pelo desespero: seu bebê estava engasgando. Ela se levantou apavorada e deixou Bento no berço. Depois voltou.

— Mas o que eu estou fazendo? — Pegou-o no colo novamente, gritando: — Bento, Bento, Bento!

Em sua outra vida, Thaís era médica. Nessa nova vida, ela só tinha forças para gritar. Rosa ouviu a patroa, conhecia aquele rugido de desespero de que só as mães são capazes. Veio às pressas da cozinha, mal teve tempo de deixar sua bolsa no quarto e fez a manobra de Heimlich para trazê-lo de volta. A mesma manobra que Thaís aprendeu e praticou inúmeras vezes na faculdade.

A soma de tudo deixou Thaís moída. Em seu ouvido, ela continuava escutando seus próprios gritos. Bento, Bento, Bento! Bem, tô bem, tô bem. Que ironia. Estava exausta da noite maldormida e agora também se culpava por não conseguir salvar o próprio filho. Ela era uma trouxa de ansiedade, estava tudo menos bem. Uma psiquiatra impostora, era o que era.

Ainda em choque, foi incapaz de segurar seu filho no colo quando Rosa o ofereceu. Tinha medo que o problema fosse o colo. Começou a chorar assim que Bento parou. Nos olhos de Rosa não havia julgamento. Ela o balançava de leve, esperando com paciência os numerosos arrotos.

— Pronto, pronto, meu bem. — Então o colocou no trocador e, com o cuidado de quem não quer impor, mas não pode deixar de falar, perguntou: — A senhora está sem dormir desde quando?

Thaís não respondeu porque não sabia a resposta.

— Dona Thaís, desce um pouco lá na praia, toma um ar, põe esse seu pé na areia, na água, no rasinho mesmo, só para lembrar. — Claro que tinha que ser no raso; no fundo não estava dando coragem porque era atraente demais. Como continuava muda, Rosa insistiu: — Olha para essa cor desbotada. Nunca vi a senhora assim. Vai passear na orla, eu fico com o Bento.

Thaís achava inconcebível. A praia parecia longe demais. Desceria no prédio apenas para tomar sol. Rosa interveio, insistente como uma mãe:

— Não, dona Thaís. Com todo o respeito, a senhora vai é pra orla. É só atravessar a rua. Eu desço com ele aqui no prédio. Vai cuidar de você.

Thaís hesitou, mas sabia que precisava sair, nem que fosse para poder sentir saudade. Como era bom ter alguém que a mandasse fazer as coisas. Ela obedeceu, contente com a expectativa de que as coisas fossem melhorar. Esse otimismo, muitas vezes ingênuo, ela ainda não tinha perdido.

Diante do espelho, Thaís se vestiu com uma roupa de ginástica solta. Era a única que comportava o novo corpo. A verdade é que se procurava dentro daquela imagem e não encontrava. Engoliu o bolo na garganta. Não aguentava mais chorar. Qual foto ela penduraria no que sobrou da parede no corredor? Toda vez que se contemplava no espelho se arrependia, prometia que não se olharia mais. Mas estava tão acostumada a curtir o próprio corpo que era automático. E, desde que Bento nascera, era um susto. Uma barriga que parecia ainda conter uma vida. Um umbigo largo, esgarçado, tão diferente do de antes... A cicatriz horizontal em relevo. A linha escura que dividia seu ventre simetricamente. Era para sempre?

Prestes a entrar no elevador, ela encheu Rosa de recomendações. Rosa fez que sim e tentou cortar o papo.

— Só vai, mulher! Eu cuido dele!

Dentro do elevador, Thaís procurou algo no bolso. No corpo. Uma parte ficou. A cena era humilhante. Sair de casa sozinha pela primeira vez depois do nascimento de um bebê era mais difícil do que ela imaginava. A cada andar que descia, roía as unhas com mais afinco. De repente, a vida em movimento não mais do ângulo da sacada gourmet. De repente os sons da vida. As cores. A praia logo ali. A culpa dentro dela explodia enquanto o leite enchia seu seio. Atravessar a rua, de repente, nunca foi tão difícil.

No calçadão, ela tirou as havaianas e deixou a sola do pé tocar a areia com cautela. Tinha que reaprender aquela textura, a soltar o ar que morava na areia. Aqueles pequenos grãos eram seus pedaços. Juntá-los era em vão. Sentou-se no chão abraçando as próprias pernas, acolhendo-se depois de muito tempo. Sentiu o cheiro do mar invadindo o seu corpo. O barulho das ondas que a cada quebrada a lembravam do passado. O mar avançava e era um cuspe da sua nova realidade.

O mar se encolhia e era só lembrança. Nessas horas Thaís odiava ser a menina sonhadora, capaz de viajar no tempo. Do apartamento era fácil se convencer de que não precisava ir ao mar porque ele estava ali, acessível de sua janela. Mas a diferença de estar ali, presente, era brutal. Era a diferença entre olhar para um objeto e para sua sombra. Thaís sempre frequentou a praia, deveria saber. Deveria se recordar de que a sensação do vento no rosto enquanto corria em direção ao mar era, ela acreditava, um lembrete diário de que Deus está em tudo.

A risada de algumas crianças a levava para o futuro, o lugar onde a gente imagina que vai ser feliz. Pensou: *E quando Bento já tiver essa idade? Com certeza vai chorar menos. Vai falar o que incomoda. Vai conseguir ver um filme enquanto faço uma pausa, já pensou? Fazer as unhas, folhear uma revista, navegar a esmo pelas redes sociais atrás de gargalhadas.* Ao longe, uma mulher fazia *stand up*. Parecia uma deidade com o brilho das águas ao redor. Thaís se deixou levar pelo otimismo que, pela primeira vez em muito tempo, conseguiu dar as caras. *Quero ser essa mulher. Vou aprender um dia. O Bento já vai ser grande o suficiente para me acompanhar numa prancha só dele. Ou ficará com o pai na orla, assistindo à mamãe, já pensou? Ele, na areia, de sunguinha laranja. Eu, de maiô branco, sobre uma prancha bem colorida, para não nos perdermos de vista. Não nos perderemos de vista.* Lutou contra a vontade súbita de voltar correndo.

Tudo ali era familiar. Bento correria na mesma areia em que ela correu. Tomaria os mesmos picolés, esfolaria os joelhos, aprenderia a andar de bicicleta na fonte do sapo. Reconheceria amigos, aprenderia aonde ir e aonde não ir em cada cantinho de Santos. Levaria caldos e talvez se perderia como ela um dia se perdeu. Mas se reencontrariam.

Uma onda avançou em direção aos seus pés. Ela deixou que fossem cobertos por mais areia. A água estava fria da ressaca. Os dedos foram sumindo falange por falange, os dedos inteiros, depois o peito do pé, o pé. Ela afundou até que só os tornozelos desviavam a água que ia e vinha, inexorável. Permaneceu imóvel, observando o fenômeno como se fosse a primeira vez. Depois retirou os pés do buraco, lavou-os na água salgada e sentiu-se leve. De onde ela estava, o fundo do mar já não era ameaçador. Era um lugar silencioso e profundo, refletindo faíscas de sol apesar de sua escuridão.

~~~

Foi arrancada de seus devaneios por uma comoção. Por um instante não soube se situar, não conseguia assimilar o que estava acontecendo. Pessoas corriam por todos os lados, sorveteiros paravam seus carrinhos, ouviu gritos, uma força quase ancestral a puxava para o epicentro do furacão. Ao longe, conseguiu enxergar e se pôs a correr.

capítulo dois
banho de *água* fria

Zilda abriu a persiana e olhou uma pontinha do céu. Era tudo o que dava para ver da janela. A vontade era de ficar ali, olhando o ventilador incansável no teto, deitada até o parto. A barriga pesada a atrapalhava na hora de se levantar. A bebê já estava encaixada. Juntou um punhado de forças e foi pentear o cabelo para dar uma volta na praia. Ela sabia que precisava da brisa, precisava ver o movimento do mundo. Sentar e olhar para o mar era a solução para quase tudo. Triste? Vai olhar o mar. Feliz? Compartilhe com as ondas. Ansiosa? Medite sobre a areia. A qualquer momento, vá surfar. Era o que lhe dizia o pai, como um mantra. Agora estava grávida demais para isso, mas até pouco tempo atrás ela ainda ia pegar onda de *stand up*. O final da gravidez estava sendo angustiante porque havia essa distância do mar. Apenas olhar para o mar não estava bastando. As mãos se esfregavam agoniadas, sentia saudade do cheiro da parafina, do cabelo duro de sal, saudade de sentir o pai sussurrando em seus ouvidos:

— Vai, minha filha, abraça o mar que ele a abraça de volta.

Para chegar na praia, Zilda tinha que caminhar dez quadras. Numa praça próxima à orla, senhores de cabeças grisalhas, vestidos como se estivesse frio, jogavam damas, xadrez, gamão e carteado. Ali, Zilda estava em seu território. Adorava ver aqueles senhores fazendo algo da velhice; dos que cuidou, poucos se aventuravam, poucos tinham uma vida social. Encontrou o alento de um banco na sombra. A caminhada até o mar, que antes ela podia fazer pulando num pé só, agora era feita de pausas em todas as oportunidades para se sentar.

Nenhum daqueles senhores parecia notar a barriga que levava uma menina atrás. Alguns discutiam, outros riam da discussão, tudo ao mesmo tempo. Alguns sentavam concentrados, em silêncio, outros ficavam impacientes com a demora nos lances. Entre eles, estava Francisco jogando sozinho. Ele segurava um bispo preto, fazia um leve movimento de pêndulo, como se o gesto o ajudasse a pensar. Zilda sorriu. Luíza, sua madrinha, tinha o costume de balançar os utensílios de cozinha da mesma forma quando estava pensando no próximo passo do preparo de seus pratos.

Com uma mão bebia água, com a outra acariciava uma barriga que já deu o que tinha que dar. Zilda ouvia o amontoado de vozes dos senhores jogando, mas seus olhos não deixavam Francisco. Aquelas grandes orelhas, aquele grande nariz. Enquanto sua barriga crescia, também cresciam as cartilagens desse senhor. Por um instante, a solidão dele foi também a dela.

Zilda sempre cuidou para não errar as palavras. Era um problema em sua vida, ficava muda com medo de errar. Mas, sem saber se eram os hormônios, naquele dia quis tentar. Levantou-se um pouco desengonçada e, vencendo a timidez, caminhou em direção ao senhor.

— Esse bispo... Ele está dando muito trabalho pro senhor? Ou é o senhor que está dando trabalho para ele? — Zilda queria enfiar a cara no asfalto. Que introdução era aquela? E por que cargas d'água resolvera falar com aquele homem? Só podiam ser os hormônios do cuidado.

Francisco ergueu os olhos e viu Zilda. Foi como se reconhecesse uma velha amiga. Talvez tivesse mesmo pensado que a conhecia; ela não deveria ter chegado de maneira tão abrupta.

— Minha filha, eu estou tão velho que parece que perco até jogando sozinho.

Zilda riu com todos os dentes.

— Não entendo muito de xadrez, mas sei que, se o senhor comer o cavalo com esse bispo, a rainha come o bispo e ainda faz xeque.

Ele olhou o tabuleiro demoradamente, voltou para Zilda e a convidou para enxugar sua solidão.

— Mas a menina sabe, sim, jogar xadrez! Senta aqui e joga com as peças brancas, que estão perdendo.

Terminaram rapidamente aquela partida, não tinha como ela ganhar — Francisco treinava todos os dias e, quando jovem, chegou a participar de campeonatos estaduais. Arrumaram as peças para começar uma nova partida, mas engataram num papo tão fluido que até mesmo Francisco não fazia mais questão de continuar o jogo. Os dois conversavam sobre o passado áureo do xadrez. Ele confidenciou que os outros "rapazotes" não jogavam com ele porque sabiam que iam perder. Já Francisco, não tinha tanta certeza assim, não tinha certeza de mais nada.

— Mas o senhor está ótimo, até soube me dizer em quantos movimentos me daria um xeque-mate. — Ele olhou para o céu num gesto de modéstia, com um sorriso trêmulo nos lábios. Estava desacostumado a lidar com o desconforto dos elogios.

Falar sobre aquela barriga imensa era inevitável. Francisco perguntou se Zilda passeava por ali porque já estava de licença-maternidade. Ela apertou os lábios, ergueu as sobrancelhas.

— Quem dera. Licença-maternidade é coisa de quem tem emprego. Achar trabalho na minha área, grávida, é mais difícil do que ganhar do senhor no xadrez. — Ela deu uma risada triste. Ele não sorriu. Perguntou o que a menina fazia da vida.

— Sou enfermeira. Gosto de cuidar...

Foi trabalhando na farmácia do cais que Zilda descobriu que essa era sua vocação. Todos diziam que ela levava jeito para isso, e poucas coisas lhe davam mais satisfação do que sentir que estava fazendo a diferença na vida de alguém. Ela queria que outros sentissem o calor que recebeu do pai, um calor que, além do carinho, era cuidado, era o ensino da gratidão como algo que nasce do dar felicidade, não do receber.

Falando um pouco de sua história, Zilda pousou o pensamento em Luíza. Era inevitável. Ela dizia: "Enquanto reza, vá trabalhando".

— Pois é isso, seu Francisco. Vou batendo de porta em porta até o fim da gravidez. O caminho há de aparecer. É só ter fé. É a fé que ilumina as noites escuras e amanhece meus dias, como se sem ela não houvesse amanhã.

Zilda teria elaborado mais, porém uma senhora em seus cinquenta anos, óculos escuros e bolsa da mesma grife, a chave de uma BMW na mão e uma expressão de clara desaprovação, interrompeu o papo, olhando por cima de Zilda:

— Vamos, pai, estou muito atrasada. Você disse que estaria pronto às nove.

Francisco ficou incomodado com a falta de modos da filha.

— E eu estava pronto, Estela, mas você só apareceu agora, às nove e meia, então eu continuei jogando. Queria que eu ficasse olhando pro espaço que nem velho gagá?

Zilda fechou os olhos, num esforço hercúleo para segurar o riso. Esperou a autorização para rir quando Estela risse, mas não aconteceu. Em vez disso, ela bufou impaciente e abanou a mão num gesto para apressar o pai.

— Aliás, foi bom que você tenha atrasado — disse Francisco. — Aproveitei e tive um dedo de prosa com essa linda mocinha que ainda por cima é inteligentíssima.

Estela olhou para a barriga de Zilda e, com um sorriso amarelo, lhe dirigiu seu "olá" mais frio.

— Legal, pai, mas agora a gente tem que ir.

Francisco ralhou com a filha.

— Estela, não te criei para falar assim com as pessoas. Essa jovem simpática veio me fazer companhia e iluminou meu dia. — A cada elogio, Zilda parecia afundar mais no banco. Queria sumir dali, sabia o que a mulher estaria pensando. *Olha lá a golpista.*
Pela segunda vez no dia, Zilda juntou forças para vencer a timidez.
— Desculpe incomodar, dona. Eu só estava descansando quando vi seu pai jogando sozinho e vim puxar papo. Já estou de saída...
Francisco a interrompeu:
— Estela, essa jovem vai ter bebê a qualquer momento e está desempregada. Ela é enfermeira e também cuida de idosos.
Zilda arregalou os olhos. Era enfermeira, sim, mas não havia dito que cuidava de idosos.
Mexendo no celular e sem levantar os olhos, Estela se dirigiu a Zilda:
— Olha, a gente não está precisando de ajuda nenhuma, tá? Vamos, pai!
Zilda tentou ajudar Francisco a se levantar, mas Estela se adiantou. Ela pensou que era incrível como idoso vira criança de novo, perde totalmente a capacidade de enxergar malícia. O que a menina estava fazendo numa praça cheia de velhos? Estava na cara que tinha péssimas intenções. Se Estela não estivesse por perto, era capaz que o velho se apaixonasse e saísse distribuindo notas de cem a cada avanço do peão.
A grã-fina andava à frente, uma forma ineficaz de tentar apertar o passo do pai. Francisco abriu os braços para Zilda, sinalizando um "fazer o quê?". Quis se desculpar pela filha, mas decidiu se calar. Um breve aceno para encerrar um breve encontro. Sem mais delongas, Francisco seguiu os passos de Estela. Zilda os acompanhou com o olhar. Uma vontade imensa

de chorar foi o impulso necessário para levantar de repente, virar as costas e voltar para casa. O mar acabava de perder a graça.

~~~

Já estava mais calma quando chegou no apartamento. O calor que sentia era tão intenso que derreteu sua humilhação. Só pensava em se refrescar. Largou a bolsa na cadeira da cozinha e se jogou no chuveiro gelado. Nunca quisera tanto aquele alívio. Sentou no chão e ali ficou, deixando as gotas duras e frias baterem em sua barriga, pensando como é que iria fazer para levantar dali depois.

Nem sabia quanto tempo havia se passado, mas parecia estar num transe quando ouviu o som de uma chave abrindo a porta da frente. Em seguida, escutou a voz familiar cantarolando e sorriu. Suzana fazia tudo assim, até coisas que não gostava de fazer. "Cantar só melhora a vida", dizia.

— Tá tudo bem aí, Zil? — Suzana perguntou por trás da porta, mesmo que estivesse entreaberta. As amigas combinaram que Zilda não trancaria mais as portas enquanto a bebê não nascesse, caso houvesse alguma emergência.

— Tudo. Quer dizer, agora tudo. Mas preciso de ajuda. Não consigo levantar.

Suzana entrou no banheiro e se assustou ao ver a amiga sentada ali. Zilda logo a acalmou, explicou que estava tudo bem, só precisava de um banho frio, mas não aguentava ficar em pé.

— Você quer me matar do coração, mulher! Olha lá, os lábios roxos! Se eu não entrasse você ficaria aqui até quando?

Zilda sorriu. Suzana era exagerada. Claro que, se precisasse, ela sairia dali, nem que fosse engatinhando. Suzana ajudou a amiga a se secar e não pôde deixar de notar a cor dos seus mamilos. Estava acostumada a ver seu corpo de menina, entre elas não havia vergonha. Mas fazia tempo que não a via nua, não sabia que a gravidez fazia escurecer tanto os bicos dos seios. Zilda reparou no assombro e riu.

— Pois é, Su, mais uma maravilha da gravidez. Tudo escurece.

~~~

As duas dividiam o pequeno apartamento desde que Zilda engravidou e saiu da casa da mãe, havia oito meses. Zilda não tinha para onde ir e aceitou na hora, aliviada, o convite de Suzana. Com o salário de cuidadora, e agora desempregada, não tinha condições de alugar uma quitinete só sua. Às vezes ficava meses sem receber entre um emprego e outro.

Suzana ficou radiante, adorava a companhia daquela amiga de infância e se sentia muito sozinha com um quarto de hóspedes sempre vazio. O apartamento era simples e aconchegante. Sobre o sofá branco, uma manta dobrada esperando o fresco da noite em frente à TV, que iluminava o chão de tacos envernizados. Almofadas coloridas e uma samambaia perto das janelas davam vida à pequena sala. Quando mudou para lá era quase Natal, Zilda trouxe seu pequeno presépio. Era tão simples e tão lindo, todo de madeira, que as duas resolveram mantê-lo ali o ano todo. Era o canto preferido da casa. Tudo era muito arrumado e limpo. Suzana, acostumada a varrer o salão muitas vezes por dia, varria a casa sem nem perceber.

Eram amigas de longa data. Suzana acompanhou todas as vitórias e derrotas da amiga sem nunca sair do seu lado. No bairro em que morava a madrinha de Zilda, onde a afilhada passava a maior parte do tempo, as crianças brincavam na rua. Era um tempo bom, só abrir a cortina e sempre tinha uma esperando outras crianças para jogar bola, esconde-esconde, queimada ou algum novo jogo que alguém trazia da escola. Não havia muitos brinquedos, a internet engatinhava naquelas bandas.

Suzana morava na mesma rua da madrinha. Ao contrário de Zilda, era confiante, extrovertida e determinada, mesmo quando estava errada. Quando ria, tinha um brilho inexplicável nos olhos que quase se fechavam. Ela era amiga de todos, e Zilda, tentando se aproximar com seu jeito encolhido, a punha num pedestal. Sentia-se sortuda de ter sido escolhida para ser a amiga daquela menina tão forte e tentava estar sempre por perto, copiando seus passos e trejeitos, pedindo os mesmos presentes de Natal, querendo um pouco viver sua vida.

O tempo passou, elas cresceram por dentro e por fora. Um dia brincavam de boneca, no outro começaram as paqueras. Zilda preferia ficar em casa, mas Suzana a arrastava para as festas. Teve suas primeiras experiências com moleques que não queriam nada além de uma noitada de sucesso para se gabar depois. Sentia-se particularmente incomodada quando ficava com alguém que bebia. O gosto de álcool na boca lhe revirava o estômago. Luíza dizia que era trauma da mãe, mas, que se ela fosse atrás de homem que não bebe apenas, acabaria sozinha. Suzana, por sua vez, era a rainha das noites. Curtia muito, escolhia quem queria beijar e era feita sua vontade — mas nunca se apaixonou.

Era tudo brincadeira para elas. Zilda ainda teve algumas paixões fugazes. Suzana estava ali para lhe dar o ombro, enxugar suas lágrimas, pensar no próximo capítulo. Seguiam fortalecidas ano após ano, numa amizade simbiótica. De forma que, assim que Zilda se viu naquela encruzilhada entre um cara que negava a filha que crescia em seu ventre e uma mãe que odiava criança, foi natural que Suzana fosse seu recurso, a casa para onde sempre podia correr.

Zilda sentou-se no sofá, com os pés inchados sobre um banquinho verde que começava a descascar. O banho frio lhe deu uma reenergizada, mas logo desabou em lágrimas. Suzana arregalou os olhos sem entender. Cinco minutos antes a amiga estava rindo da cena do chuveiro. Ela segurou sua mão.

— Zil, o que aconteceu quando você estava fora?

A amiga fechou os olhos. Sabia que não teria escapatória, Suzana a lia como a um livro infantil. Não tentou negar e, com os olhos fixos na casquinha do banco verde, contou tudo.

Suzana não disse nada. Puxou a amiga pela mão, chamou o elevador, desceu com ela.

— Aqui está o dinheiro do táxi. Pra ida e pra volta. Você não me volte aqui até estar com o pé sujo de areia, o biquíni molhado e fedendo a peixe.

~~~

Na orla, debaixo de um quiosque, com um coco gelado na mão e a brisa lavando seu desgosto, parecia que tudo fazia sentido e que ficariam, ela e a filha, bem. Sim, o mar era a resposta para quase tudo. Tirou a canga, pediu para Tony guardar a mochila no quiosque e foi para o melhor lugar do mundo. Daria tudo, menos a filha, para surfar novamente. A hora chegaria, ela sabia. O fundo do mar a esperava. Aos sussurros contava para o pai que era temporário, alguns meses e estaria de volta, remando. O mar nunca deixa de morar na gente que precisa dele para respirar.

— Eu só estou segurando o ar, pai.

A tranquilidade duraria poucos minutos. O mar estava revolto, ela sabia que isso nunca acontecia à toa. Estava estranho aquele menino tão pequeno atravessando a avenida da praia sozinho, sem olhar para os lados. Ele corria o tanto que suas pequenas pernas permitiam. Com a determinação que só quem tem raiva carrega, ele não parou até ser parado. Foi tropeçando na areia, se enroscando nas algas e, de roupa e tênis e uma angústia sem fim, se jogou no mar.

Se antes ele chorava com a boca aberta, agora tentava fechá-la para não entrar água. O mar vinha contar-lhe um segredo, ele precisava ouvir quietinho. Contava que mais para lá, para o fundo, as coisas podiam ficar bem. O mar, assim como ele, estava irado. O menino já não podia mais escolher. Ele agora era puxado. Ele ia, ele foi. Arrastado, foi. E não parou de ir.

Zilda, com água na altura da barriga, correu para a orla tão rápido que as pessoas em volta acharam que era hora. Ninguém tinha percebido? Como era possível? Ela se pôs a correr na areia fofa como conseguia, cada passo uma quase queda, até chegar na cadeira do salva-vidas. Já não conseguia falar, o esforço e o desespero tiravam-lhe o ar.

O salva-vidas desceu aturdido de sua torre. O treinamento ele tinha, no entanto jamais imaginou que teria que fazer o parto de uma banhista. Percebendo a confusão, Zilda apontou e gritou:

— Ali, ali, ali!

O salva-vidas avistou ao longe um ponto escuro que descia e subia, descia e subia, pequenas mãos que tentavam, em vão, manter o pontinho imerso. Um beija-flor de asas quebradas. Ele correu. Correu como jamais imaginou ser capaz. Era rápido, graças a Deus. As pernas determinadas logo sumiram entre as ondas, em busca do menino que buscou no mar o que não encontrou fora.

capítulo três
medo do escuro

Erika sempre entrava no quarto escuro, tarde da noite, apalpando o vazio. Era escuro demais — sentia que tinha algo prestes a cair sobre ela. Um escuro opressor, físico, imprevisível como uma bolada na cara nos recreios da escola. Ela ia de cima a baixo, assimilando o tamanho do nada, e, só quando tinha certeza de que não havia esbarrado em nada, dava o passo seguinte.

Era uma alegoria perfeita. Foi assim com Edu, com a faculdade, com o trabalho e com os filhos. Não era cuidado, era cautela. Não era responsabilidade, era medo do desconhecido. Suas motivações eram cheias de monstros. Seus problemas, cheios de futuro. Eventualmente, enfrentava os escuros e chegava a seu destino: a quina da cama, a maçaneta da porta do banheiro, um celular esquecido sobre a mesa de cabeceira.

O escuro a assustava desde que fora arrancada do útero de Sandra, e nenhum outro conseguia ser tão bom. O segundo grande escuro aconteceu quando, certa vez, a mãe a deixou sozinha na banheira para acudir Leo. Na época, ela mal andava e seu irmão tinha poucas semanas de vida.

Ela tinha ficado na banheira sozinha, brincando com as sombras. Aí, tudo ficou escuro. Eram comuns os apagões onde morava. As sombras sumiram, suas pequenas mãos incapazes de discernir se estavam para dentro ou para fora d'água. Foi se mexendo para tentar sentir onde começava a água e onde terminava o ar. Sua mãe tinha um verdadeiro dom de fazer a água da banheira ter exatamente a temperatura do corpo. Erika afundava enquanto a mãe trocava a fralda de Leo. Quando percebeu que a filha havia parado de cantarolar, correu para o banheiro e arrancou-a de baixo d'água pela perna, o primeiro membro que apalpou no escuro. Muito choro depois, Sandra descobriu que não era só por ter quase se afogado que a filha se esgoelava. Tampouco por Erika ter assimilado de uma forma rudimentar e precisa, como só os bebês conseguem, que seu engasgo tinha sido menos importante que a fralda de Leo. Chorava por ter deslocado o tornozelo com o puxão.

— Você não imagina o que era a minha vida, minha filha — dizia ela, competitiva. Se perrengue fosse esporte olímpico ela seria atleta profissional. Bastava Erika reclamar da noite maldormida, e a mãe: — Ah, isso não é nada, e eu, então?

Aos seis anos, Erika passava horas na casa dos avós aos domingos, sem ter o que fazer. A tarde inteira girando uma bandeja redonda de cobre que nunca carregava nada, era só enfeite; a briga com Leo porque o programa de TV preferido de cada um passava no mesmo horário em canais diferentes — nenhum dos quais sintonizava direito; o silêncio insuportável que tinham que fazer para a soneca do avô; o cheiro de naftalina e Hipoglós. Era um tédio sem fim.

Seu avô cresceu passando fome e, até o último suspiro, não soube viver uma vida que não fosse econômica, inclusive desligando a água para se ensaboar e contando em voz alta os segundos de um banho — não precisava nem deveria passar de cem. Dizia que existia uma razão para o dia ser claro e a noite escura.

— Temos que respeitar o ciclo da natureza — ensinava com o dedo em riste e entonação de capitão. Então não deixava os netos acenderem a luz. Escurecia e ficavam ali, esperando os pais virem buscar. O lado bom era que nessa hora Erika podia ir até a geladeira pegar o que quisesse. O avô já balbuciava lamentos: — Lá se vai meu queijo de cabra. — Ela sabia que os velhos não viriam atrás. Chegava o escuro e eles se mexiam o menos possível para evitar acidentes, o que acarretaria em gastos com hospital. Porque "seguro-saúde é invenção de bandido".

Alguns meses de tortura, e Erika passou a se convidar para ficar na casa da vizinha. Uma vez, sem razão aparente, Erika e a vizinha decidiram vandalizar a rua. Juntaram todos os ovos que havia nas duas casas e, juntas, da varanda, testaram suas miras. Ao lado, um caderno de pontuação. Se acertavam direto na cabeça, eram dez pontos; se a cabeça fosse careca, vinte. A pontuação máxima era de cinquenta pontos concedidos à superdotada capaz de ovar um coitado de bicicleta.

O zelador ligou furioso para Célia, mãe da vizinha. Disse que tinha sido arrancado da soneca dominical para ter que lidar com sua filha delinquente que atirava ovos pela janela e chegou a acertar uma mãe com um carrinho de bebê. Erika, do alto de seus oito anos, argumentou que pelo menos havia sido de raspão. Célia puxou as duas pelas orelhas. Tiveram que se desculpar com o zelador e, balde e esfregão em punho, limpar toda a calçada, ouvindo desaforos das vítimas.

Como castigo, Sandra pôs Erika na lavanderia no escuro, pensando no absurdo que havia cometido. Ela nunca esqueceu do medo que sentia de ficar ali sozinha. Todos os tipos de fantasmas pareciam vir lhe assombrar. Ouvia barulhos o tempo todo, que podiam ser de rato, de ladrão, de um ser sobrenatural ou de algum vilão do Pica-Pau. Foram horas assim.

— Você está exagerando, Sandra — ouvia o pai falando.

Mas sua mãe não queria saber. Tentava sempre entender os movimentos da filha, ficava espantada com o desenvolvimento do cérebro de uma criança, adorava ser mãe de Erika e Leo. Mas naquele dia ficou furiosa. Dali em diante, Erika não dormiu mais de luz apagada. Trancava-se no banheiro da casa do avô para poder acender uma luz no fim do domingo e se recusava a passar a noite na casa de qualquer amiga que dormisse no breu.

De cinema, só foi gostar na adolescência. Preferia ficar em casa assistindo a um filme alugado, as luzes bem acesas. Quando começou a namorar, aos quinze anos, o jogo inverteu. O namorado, um senhor de dezoito, adorava o programa. Erika gostava tanto do rapaz que a associação a fez também adorar cinema. Era um momento em que podiam ficar agarrados sem outras distrações. Mesmo quando ela já não tinha medo do escuro, fingia ter, porque assim o namoradinho a abraçava forte, a protegia, dizia que estava tudo bem e ela se perdia naquele aconchego, o filme agora com sua autorização para ser um fiasco.

Meses mais tarde o menino sumiu, mas a nova paixão ficou. Ela havia descoberto que cinema era tudo, menos escuridão. Considerou seriamente fazer faculdade de cinema. Desistiu porque deu ouvido aos pais enquanto bradava que era dona do seu nariz.

O episódio seguinte de escuridão aconteceu à luz do dia, de olhos bem abertos. Erika estudava propaganda e marketing em São Paulo e tinha resolvido matar aula e tomar cerveja. Não era nem meio-dia. Com ela, estavam duas amigas sentadas em uma mesinha na calçada. Falavam sobre as perguntas incabíveis que a Chiara fazia nas aulas, como era possível aquela garota ter passado no vestibular.

A palavra "vestibular". Duas risadas cortadas ao meio. Entra um Palio prata. Um Palio prata que só Erika viu. Estava de frente. Conseguiu se afastar da mesa, mas não suas amigas. Elas nunca viram o carro. Nunca tiveram a chance de desviar. Nem chegaram a levar um susto. Erika lembra do som da pancada. Uma pancada só, em estéreo. Uma dividida em duas caixas de som. Ela quebrou a tíbia e a bacia, além de ter batido a cabeça e desmaiado. Tudo escuro. As outras duas morreram rindo.

Ela levaria aquele dia para sempre. O diagnóstico de transtorno de estresse pós-traumático era esperado. Por meses as imagens não a deixavam. Ela queria arrancar a cabeça fora. Qualquer barzinho com mesas na calçada lhe dava náusea. Parou de sair à noite e não conseguia dirigir.

— A culpa é sua, Erika, só você ficou. Elas dormem, o inferno é você — o mundo dizia.

Passado esse ano horrível, Erika não podia reclamar do que se seguiu. Parou de matar aula e sair à noite, tinha coisas mais importantes para fazer. Atirou-se aos estudos para tentar redistribuir seu espaço mental, limpar gavetas, abrir outras, trancar e jogar a chave fora das que temia que fossem emperrar escancaradas.

No terceiro ano de faculdade, conheceu Edu. Foi numa viagem com a turma na semana do saco cheio. Foram para o Guarujá, onde o melhor amigo de Erika tinha um apartamento. Além da turma da faculdade, lá também estava o irmão do amigo com os próprios convidados. Edu era um deles. Logo que chegaram no apartamento, Erika ficou irritada ao ver a quantidade de gente ocupando um espaço tão pequeno. Mesmo sabendo que haveria baderna, Erika havia se forçado a fazer a viagem por insistência dos pais. Eles sabiam do quanto ela precisava.

Naquela nuvem de mal-estar, Erika avistou alguém que se sentia como ela: deslocada, atrás de cantos vazios e minimamente limpos para se empoleirar. Procurando conversas sóbrias e encantamentos verdadeiros. Lá estava Edu, uma longneck em punho, a mesma que carregou a noite toda. Descobriram-se na varanda, fugindo do barulho e do cheiro. A conversa não tinha fim. Quando as cadeiras ficaram desconfortáveis, resolveram continuar o papo longe dali. Pegaram um sanduíche na beira da praia e foram caminhar na areia. Encontraram um grupo animado em volta de uma fogueira, um deles tocava violão, todo mundo cantava. Ficaram

de longe cantando também, sorrindo um para o outro, surpresos de saber que o outro também sabia a letra daquela música. Não iriam a lugar nenhum antes de resolver aquilo. Ao som de "Sozinho", Edu a encarou e mais perguntou do que cantou:
— Por que você não cola em mim?
Ela não esperou que ele ficasse sério. Mergulhou naquele sorriso e na hora entendeu que seus braços se encaixavam como peças perfeitas de um quebra-cabeça de 8 bilhões de peças. Sabiam que era para sempre e queriam começar aquele para sempre ontem.

Muitos anos depois, o casamento, os filhos. Não era perfeito, longe disso. Cabia a ela sempre planejar e decidir. Ele concordava com tudo. Às vezes até demais. O menu da semana e a lista de compras. Qual operadora de celular e qual pacote. Qual filme e qual restaurante. Eu em cima ou papai e mamãe. A escolha era sempre dela, e também a renúncia.

— É que você é maravilhosa, amor. Você sempre pondera as coisas com tanta calma, tanta sagacidade!

Era um grande motivo de discussões. Mesmo tentando ter conversas importantes como essas, ele sempre lhe dava razão.

— O que posso fazer se você tem tanta clareza? Tanta ponderação? Você está certa, ué!

Era como discutir consigo mesma.

~~~

Erika optou por ficar com o Matheus no primeiro ano de vida. Quando seu filho chegou, foram meses em que viveu vendada, mesmo se não tivesse havido gravidez. Uma angústia que parecia irremediável, um medo de nunca conseguir recuperar a carreira, de ter tomado a decisão errada. Meses de mar revolto e uma apneia muito bem disfarçada. Quando virou mãe, Erika atravessou um portal. E a travessia era clara e escura ao mesmo tempo. Ela piscava, e um dia inteiro havia se passado; piscava de novo, e o tempo tinha voltado. Descobriu um mundo inconcebível, quase distópico, pura ficção científica. Tudo mudou. Não havia mais equilíbrio nem ponderação.

Às vezes sentia saudades da vida corporativa, claro, mas sabia que voltaria ao mercado e estava feliz de curtir esse comecinho que voa e não volta. Escutou toda a ladainha da mãe.

— Ah, filha, você pensa que volta, mas não se iluda. Empresa alguma quer contratar uma mãe. O coração delas jamais estará na escrivaninha.

Porém, as coisas mudaram de uma geração para outra. Não o suficiente, mas não dá para negar que evoluíram. Erika pôde manter seu cargo tirando a licença-maternidade, férias e mais sete meses de licença não remunerada depois de muita negociação com Rangel ("poxa, Erikinha, assim você me quebra as pernas"). Quando voltou, seu emprego estava lá e o chefe, louco para lhe despejar projetos.

Com Thomás a história não pôde ser a mesma. Já era o segundo filho, e não pegava bem se ausentar por tanto tempo. Fez o que deu com o que tinha. Além disso, Edu não estava bem no trabalho, era questão de tempo para sair ou ser saído. Não tinha a menor possibilidade de ficarem sem nenhuma fonte de renda.

Naquela rotina por vezes difícil, sempre exaustiva e permeada de momentos alegres também, a família era guia, era luz. Erika não precisava mais, enfim, se preocupar com a escuridão.

capítulo quatro
maré cheia

Na cama já arrumada, Edu fazia o que mais detestava: dobrar roupa.

— Toda vez que dobro as roupas deles, percebo umas que já não estão servindo.

Erika escovava os dentes e concordava com o marido — este alheio ao fato de que toda a roupa que ele dobrava, Thomás arrancava da pilha, desdobrava, fazia um bolo e jogava para fora da cama com gritinhos adoráveis de satisfação.

Edu estava concentrado em contar qual era o plano para o dia. Levaria Matheus para a escola, de lá seguiria para o parque. Thomás era louco por uma bolinha de espuma rolando na grama. O parque ficava ao lado da academia onde Thomás fazia natação, então já seguiriam para lá direto. Pausa para almoço, e já estava na hora de buscar Matheus. Se Thomás dormisse no carrinho e Matheus estivesse no pique, dariam um mergulho na praia. Vantagens de uma escola a algumas quadras da orla. Depois passariam no mercado, tomariam um lanchinho na sombra e voltariam para casa. Maria assumiria as crianças enquanto Edu pagava contas e mandava mais alguns currículos.

Erika ouviu calada, tentando se entusiasmar com a agenda do marido. Ele era um pai incrível, ela morria de orgulho. Quantas de suas amigas não dariam tudo para ter um parceiro assim ao lado, criando junto os filhos? Contudo, parecia que a cada dia Edu entrava em mais detalhes — ela tinha certeza de que em algum momento ouviria a hora exata em que seu parceiro cortaria as unhas das crianças. Lembrava muito Matheus contando seus sonhos eternos.

De sua parte, Edu tentava contagiar a esposa com seu bom humor, mas Erika não era matutina, nunca havia sido. Levantava da cama com os olhos ainda fechados, intuía o caminho do banheiro e ligava o chuveiro. A espera de a água esquentar parecia o evento mais irritante de todas as galáxias. Depois do banho se sentia melhor, mas a ansiedade já crescia no peito. Não paralisar era uma luta diária. Acordar era relembrar o peso que carregava nos ombros.

Ela deixou Edu falar como sempre. Absorveu o que julgou mais importante e se despediu dos meninos e do marido. Naquele dia, passaria na padaria e o café da manhã seria em sua escrivaninha. Nesse mesmo dia, ao chegar no escritório, seria recebida por um Rangel sorridente estufando o peito para lhe contar a novidade:

— Bom dia para você que é a mais nova gerente de marketing!

Foi e não foi uma surpresa. Erika era ambiciosa e dedicada, sabia que os frutos estavam para ser colhidos. Ainda na faculdade, conseguiu um estágio concorrido numa multinacional, graças à indicação de um professor. Assim que se formou, foi promovida a assistente e seu salário quase dobrou. No ano seguinte, foi promovida novamente. Anos se passaram e Erika esperava a promoção seguinte, mas não vinha. Quando adquiriu mais experiência e confiança, conseguiu largar a multinacional. A nova empresa era nacional e uma grande zona. Era chefe que passava a manhã lendo jornal, estagiária levando café para um monte de marmanjos na sala de reunião, almoços de duas horas, e-mails debochados, funcionário procurando balada no Google e casos extraconjugais no chat. Nada andava. Nada evoluía. Sentia que seu diploma era um charuto barato queimando aos poucos. Foi numa empresa de logística que Erika se descobriu num ambiente tão organizado quanto ela. Lá, enfim, ela se sentiu em casa. Tinha um ótimo relacionamento com Rangel, seu gestor, e possibilidades reais de crescer. Rangel sempre falava que Erika era seu braço direito, sua *"number two"*. Se ele saísse, ela assumiria. Um ano lá, e a sonhada adoção finalmente aconteceu. Foi uma festa, inclusive no trabalho. O receio de travar a carreira se esvaiu quando Rangel pediu para a secretária organizar um chá de fraldas. Erika e Edu já estavam casados havia cinco anos e planejavam adotar um filho fazia tempo. Na entrevista, disseram que topariam crianças até oito anos, e, para surpresa de todos, chegou a eles Matheus, um recém-nascido de apenas três semanas de vida.

Erika ia abocanhar seu pão na chapa, mas teve que recuar, o requeijão escorrendo pelos cantos.

— O quê? Mentira! — A alegria lhe enchia o peito. Sentiu uma onda de adrenalina, uma felicidade imensa, um reconhecimento afinal. — Então não devo ser uma impostora!

Rangel riu.

— Claro que não. Mais do que merecido, Erika. Estou feliz por você. Agora mãos à obra, que a pilha sobre a sua mesa só vai crescer! Não se preocupe, providenciaremos uma assistente se for preciso.

Seu primeiro impulso foi ligar para Edu para contar. Ele estava a caminho do parque, seguindo seu planejamento do dia à risca. Celebrou efusivamente a promoção:

— Eu sabia, meu amor! Eu sabia!

Erika merecia muito. Se dedicava tanto, era tão experiente em sua área que devia já ser diretora. A profissão era uma verdadeira paixão para sua esposa. Por vezes falava muito mais do trabalho do que o necessário, e ele perdia o interesse. Não porque não queria falar do assunto, mas porque tinha detalhes demais. Como os sonhos sem fim do Matheus.

Junto com a alegria genuína, Edu também foi acometido por sentimentos menos nobres, mas igualmente genuínos. Ao orgulho de sua mulher, misturou-se a humilhação espalmada na cara por estar desempregado. Era inevitável sentir a onda do fracasso crescendo. Quando Erika subia um pouquinho, aumentava a distância que se abria entre seus mundos. Por mais que tentasse não demonstrar, era difícil aceitar que era a mulher quem punha o pão na mesa. Depois, pensou que a promoção seria ótima porque isso significaria mais dinheiro e, portanto, diminuiria a urgência em encontrar um trabalho.

Do outro lado da linha, Erika tentava conter a empolgação do marido.

— Calma, Edu, calma. Espera. Vamos ver como funciona na prática. Isso vai significar mais responsabilidade, mais trabalho. Nós temos que estar juntos nessa, senão não vai funcionar.

Mesmo tentando ser cautelosa, tateando para gerenciar todos os riscos que podiam estar escondidos no escuro, ela também estava vibrando. Já era tempo.

Maravilhada com a promoção, a nova gerente de marketing estava com dificuldades em se concentrar. Era um crescimento incrível, não via a hora de contar para sua família. Junto à empolgação, o receio. A promoção significaria mais horas de trabalho, menos tempo para os filhos. Sentiu o peito apertar. Não colocaria sua carreira em pausa. Gostava do seu trabalho. Mas era difícil aceitar a posição de coadjuvante no convívio com os filhos, enquanto o marido virava o cuidador principal.

Muita gente tinha dificuldade em enxergar essa dinâmica familiar. Os amigos mais próximos perguntavam, sussurrando, se aquilo não emasculava Edu. Essa troca dos papéis tradicionais é linda na teoria, bem avant-garde e tal, mas, na prática, mulher sente desejo por um homem que fica em casa? Homem aceita bem essa posição de cuidador em vez de provedor?

A discussão entre os dois era recorrente; o que se ouve na rua também entra em casa.

— Você não percebe o quanto me dói não ser a pessoa pra quem as crianças correm quando precisam de acolhimento — dizia Erika.

— Você não percebe o quanto eu gostaria que as crianças a reconhecessem mais como a principal cuidadora? Para mim também é difícil, sabia? — retrucava Edu. — Difícil não ter escolha, ser ostracizado por outros pais e pelas mães igualmente, pelo mesmo motivo: homem trabalha. Põe o pão na mesa. Homem que fica em casa é estranho. É menos homem. Todo dia é assim que me sinto.

A escola de Matheus era uma que parecia não entender que Edu era o principal contato em alguma emergência. Nesse dia, Erika terminava de revisar um contrato com a agência quando o celular tocou e era Débora, a diretora da escola. Bateu aquele pânico que toda mãe conhece quando vê o número da escola no visor.

> Edu, atende. Ligaram da escola. Deu um problema com o Matheus. Estou aqui superocupada. Você pode, por favor, ir até lá? Deixa o Thomás com a Maria. A diretora está esperando com ele em sua sala. Não sei bem dos detalhes, mas acho que ele aprontou.

Ela esperou. Respondeu um e-mail rapidamente, voltou para o celular. Edu não visualizava a mensagem. Erika lembrou que era dia de natação do Thomás e naquele lugar nunca havia sinal. Não teria escolha.

Arrumou suas coisas e, no elevador, apagou o que havia mandado ao marido. No lugar, escreveu:

> Indo buscar o Matheus na escola. Ele está bem.
> Te conto em casa quando souber mais.

Com o coração pesado, escreveu outra mensagem:

> Rangel, emergência na escola do Matheus.
> Mil desculpas. Prometo correr atrás hoje à noite.

Erika jamais pensou que passaria pelo sofrimento intenso de ter que deixar o filho na porta da escola sabendo que lá sofreria agressões verbais, talvez físicas. As discussões com a diretora eram ponderadas. Havia um diálogo recorrente.

— Erika, vamos fazer o que está ao nosso alcance. A escola é grande, são muitos alunos, não conseguimos colocar uma pessoa monitorando o que se passa com uma criança em todos os momentos, em todos os lugares.

Ao que ela respondia:

— Sim, Débora, faz sentido. Entendo a dificuldade. Porém, perceba que por causa desse tipo de situação meu filho pode odiar a escola para sempre, pode perder o encanto pela aprendizagem. — Erika controlava as lágrimas. — O que Matheus está vivendo pode impactar negativamente todo o seu futuro.

— Exatamente. Daí a necessidade de um psicólogo, Erika.

— Acho ótima a ideia, mas a escola também tem que se responsabilizar...

— Sim, mas essa conversa é importante de se ter em casa, Erika...

— Sim, mas essa conversa precisa acontecer também nas casas desses meninos que o incomodam...

— Sim, mas, veja, Erika, os pais já foram notificados e se prontificaram a interferir...

— Sim, mas não está resolvendo.

De alfinetada em alfinetada, nada mudava. Erika tentava conversar diretamente com os pais das outras crianças. Eles a olhavam com pena, uns com uma ponta de irritação, outros a acolhiam, mas na escola tudo continuava na mesma.

Na festinha de aniversário do Matheus, chamou a classe inteira. Três apareceram. Com movimentos de uma calma calculada, Erika congelou bolo, salgadinhos, brigadeiros e as lágrimas. Deixou que os balões voassem, como se junto fosse embora o choro silencioso do filho. Comprou mais cinco presentes para ele e passou o bastão para Edu. Ele teria que ajudar na próxima escolha. As ideias ponderadas estavam se esgotando, ela estava se esgotando.

Então Edu, confortável em sua calma, o colocou no judô. E marcou um golaço: foi o primeiro esporte pelo qual Matheus se interessou. Todo pequenino, o mais novo da turma, claramente conseguia expressar sua ira contida no tatame. O professor era só elogios.

— Talento nato! — dizia.

Aos poucos, ganhou confiança e soube reagir aos insultos. Erika e Edu tentavam se manter neutros e explicar que violência gera violência. Mas, depois que o Matheus ia dormir, comemoravam.

~~~

— Desculpe a demora, vim lá do outro lado da cidade e está tudo parado por...

Erika foi interrompida pela secretária:

— A Débora está te esperando com o Matheus.

Aquela olhada por cima dos óculos talvez nem tivesse nenhum significado além da hipermetropia. Mas Erika, irritada com a rispidez, julgou que estava sendo julgada. Ergueu as sobrancelhas e se dirigiu para a sala da diretora sem dizer mais nada.

No corredor, hesitou brevemente. Sentiu vergonha sem nem sequer saber o que tinha acontecido. E se o filho tivesse feito algo muito errado? E se pensarem mal dela? E se tudo aconteceu porque ela tem trabalhado demais e tem sido uma mãe de merda que não consegue conciliar trabalho com maternidade?

Entrou determinada na sala cheia de desenhos e diplomas. Muitos livros de pedagogia na estante. Seu filho sentava tão pequeno naquela cadeira enorme. Suas costas formavam um "C", os ombros quase tocando o umbigo. O braço magro apoiado na escrivaninha da diretora, os olhos próximos demais de um papel com um desenho que ele coloria compenetrado, quase todo de azul. Matheus sentiu a presença da mãe, um calor chegando por trás, o perfume familiar. Correu para seus braços com a expressão que Erika bem conhecia: ele segurava o choro.

A diretora inspirou, como se cansada de respirar. Falava com Erika, mas olhava para a cabeça de Matheus afundada em seu peito, pequenos e inevitáveis soluços.

— Tem um certo rapaz que andou aprontando... Não consegue falar o que aconteceu.

Erika já se irritou com a primeira frase daquela senhora. Franziu a sobrancelha, mas decidiu que não iria se indispor sem antes ouvir o que tinha a dizer:

— O Matheus brigou com um dos coleguinhas. No calor do momento, entornou todo o suco de uva na cabeça dele. — A diretora repetiu o gesto como se personificasse Matheus, e Erika, na tentativa de segurar o riso, soltou um ronco incontrolável. Então era isso?

Matheus ergueu o rosto e tentou um sorriso. A mãe tinha achado graça, então? Ela logo se recompôs.

— Matheus, o que houve?

Sem esperar a resposta, a diretora disse que ele se recusava a explicar e a pedir desculpas.

— Acredito que ele deve se desculpar, mas precisamos entender o que o motivou, Débora. Não é de hoje que te falo dos problemas do Matheus com os colegas, e nada foi feito.

A diretora ajeitou os óculos, alinhou a caneta tampada ao bloco de notas, numa visível tentativa de manter a calma.

— Erika, o comportamento do Matheus é inaceitável. Acredito que pode ser reflexo de alguma coisa que esteja acontecendo em casa. Ocorreu algo recentemente que justifique isso?

O salto de Erika baixou um pouco. Será que havia algo acontecendo e ela, em sua ausência com tanto trabalho, nem tinha reparado? A diretora notou e cresceu.

— Está na hora de repensar as prioridades. Matheus claramente precisa de orientação. Do tipo que se aprende em casa. Talvez não seja da minha conta, mas me sinto na obrigação de dizer, pelo bem do Matheus. Uma criança precisa da figura materna. A situação dele é diferente, você sabe. Todo mundo sabe, é só olhar para vocês. Por isso ele é frágil, precisa de mais atenção.

Erika não sabia o que responder àquela afronta. Era isso que pensavam dela? Culpavam-na pelo bullying que praticavam contra seu filho? E, quando ele reagia, a culpa também era dela?

Erika fechou a boca, os olhos não saíam do desenho que Matheus pintava antes de ela chegar.

— Hokusai — disse a diretora. Erika não entendeu. — Tenho aqui uma pilha com obras de arte em folha sulfite para os alunos que entram escolherem um e pintarem até a mãe chegar. Eu percebo uma relação direta entre a obra que eles escolhem e como estão se sentindo.

Erika olha o desenho com mais atenção. Matheus havia pintado de azul-marinho as ondas gigantescas do artista japonês.

— Débora, vamos lá, vai, não exagera. Ele gosta de ir à praia, escolheu as ondas gigantes no desenho do...

Enquanto buscava o nome do pintor na memória, Débora a ajudou como a um de seus alunos.

— Hokusai, Erika. O artista é Hokusai.

Agora Erika perdia a paciência. Tanto com a diretora, que estava deixando aquele ambiente insuportável, quanto com o filho que não abria a boca.

— Matheus, você tem que confiar em mim e me contar o que aconteceu. — O tom era mais ríspido do que as palavras supunham.

O menino voltou a se angustiar e sua respiração acelerou novamente.

— Só quando a gente entender o que se passou a gente sai daqui.

Matheus levantou o rosto, as lágrimas voltando a se acumular. A culpa caiu como um piano nas costas da mãe. Ela beijou sua testa, fez carinho em seu cabelo, queria se desculpar, mas não ali na frente de Débora, que a tudo olhava de braços cruzados, estudando a cena como uma diretora de teatro.

— Filho, tenho certeza que a Débora vai conseguir te ajudar se você contar por que jogou o suco no menino.

Matheus abriu a boca, tentou falar, mas os soluços impediram, algumas palavras saíam como peças de um quebra-cabeça, ou palavras cruzadas.

— Risada... Recreio... Lanche... Cabelo... Cor... Mãe de verdade.

Foi uma punhalada. De repente, todas as dores que Erika já tinha vivenciado somadas eram minúsculas perto da dele.

A diretora parecia esperar por esse momento e rebateu dizendo que a escola é conhecida por acolher a diversidade.

— Não acho que tenha sido isso, não é, Matheus? Será que você não está tentando fugir de um pedido de desculpas?

A mãe ficou estarrecida. Ela gostava de Débora, achava-a uma boa diretora, sensata no geral, e já tiveram ótimas conversas. Mas o que acontecia ali era quase um crime humanitário.

Erika juntava as palavras que passavam pela sua cabeça. Queria organizá-las dentro do possível antes de falar. Não queria ofender aquela senhora. Se tivesse tido tempo, teria dito à diretora que não há razão para Matheus pedir desculpas. Teria dito que concordava que a atitude do suco fora errada, mas fora a única maneira de o filho expressar situações insuportáveis que vinham se repetindo havia muito tempo. Que não era Matheus, mas esses moleques que precisavam de limite, isso sim. Mas não deu tempo de falar.

O filho pulou de seu colo e saiu em disparada pelo corredor. Passou pela secretária que mal teve tempo de erguer aquela cabeça de tartaruga, quanto mais de tentar contê-lo. Ele precisava que tudo escurecesse. Precisava do azul-marinho. Correu em direção à orla, enxugando lágrimas que logo encontrariam outros sais. Em silêncio, em sua pequena cabeça e grande memória, ele gritava: *Hokusai, Hokusai, Hokusai!*, e correu para abraçar seu novo amigo.

Depois de uma quadra, Erika desistiu dos saltos. Perdia o filho de vista. Jogou o escarpim de qualquer jeito pela calçada e deixou que o asfalto quente lhe queimasse os pés. O farol estava fechado, mas Matheus não estava lá, esperando. Não estava em lugar algum. Ela tentou atravessar, mas não iria adiantar ser atropelada. Ou será que uma boa mãe, no desespero, se deixaria atropelar? Respirou fundo, tentou controlar a avalanche que crescia em seu peito. Olhou para o mar. Estava tudo tão estranho, aquelas ondas não eram normais. Estavam grandes demais.

Ela se lembrou da diretora dizendo que a criança escolhe pintar o desenho que dialoga mais com sua cabeça naquele momento. As malditas ondas do artista japonês. A maldita diretora que sabia, pelo menos nisso, do que estava falando. Erika se pôs a gritar o nome do filho em todas as direções, mas sabia para qual tinha que correr. Seus pés, no entanto, pareciam ancorados ao chão. Imobilizada pelo desespero, ela seria aquela mãe que não teve tempo nem para salvar o filho.

capítulo cinco
o encontro das *águas*

Uma grávida aos gritos, um salva-vidas correndo para trazer de volta à areia um menino que não se mexia, os membros como algas. Ela então correu. O menino estava deitado na areia e o salva-vidas, assustadíssimo, começou a fazer a massagem e o boca a boca para trazê-lo de volta.

Thaís chegou gritando à cena.

— Para! O que você está fazendo? Tá tudo errado, você vai quebrar as costelas do menino e não vai resolver nada porque na respiração... — ela mesma se interrompeu e disse, irritada: — Dá licença que eu sou médica.

O salva-vidas, num misto de alívio, indignação e humilhação, com as mãos ao alto, recuou. Thaís fez a massagem cardíaca com a tranquilidade de uma praticante diária. Depois de dois intermináveis ciclos, Matheus cuspiu a água que estava em seu pulmão. O menino, desorientado, chorava. Thaís trouxe-o para si e o enlaçou num abraço maternal como se fosse Bento, mas Matheus recuou. Quem era aquela mulher? Onde estava seu pai? E a mãe? Thaís não insistiu, mas não tinha como não se colocar no lugar da mãe desse menino, meu Deus. Aliás, onde estava? Será que só tinha pai? Como deixou que um incidente desses quase virasse tragédia?

Uma roda de banhistas havia se formado ao redor.

— Quem é que deveria estar cuidando dessa criança? — perguntou Thaís, os olhos indignados à procura do responsável irresponsável.

Ninguém se pronunciou.

— Mas será poss... — Thaís foi interrompida por um grito desesperado, um grito que só poderia sair do ventre de uma mãe.

Quando Erika chegou à cena, Matheus já estava mais calmo. Ao ouvir a mãe, o menino abriu espaço entre os curiosos e correu em sua direção. O mundo poderia acabar, agora que Erika o tinha em seus braços. Aquele era o abraço perfeito, o abraço de quem quase foi com quem também iria. O abraço seco e quente e frio e molhado que aos poucos se funde num morno de amolecer as pernas. Então foi isso que havia sentido ao se afogar na banheira com um ano e meio. Então foi isso que sua mãe sentira. Um alívio e uma culpa que vão se fagocitando mutuamente.

Erika olhou para o salva-vidas e agradeceu aos prantos, entre beijos na cabeça do filho. Mal conseguia falar. O salva-vidas abriu a boca, mas Thaís o cortou:

— Tem três pessoas aqui que salvaram a vida do seu... filho? Filho, né? Pois bem. Essa menina... qual o seu nome?

Zilda também abriu a boca para responder, mas Thaís não lhe deu espaço:

— Foi ela que viu o que estava acontecendo e correu pro salva-vidas. Ele foi muito rápido no resgate. E aí, vendo tudo de longe, eu vim ressuscitar seu... filho. — Centésimos de segundo para pegar o ar, e ela continuou: — Três pessoas. Nenhuma delas era você. Sorte que ele parece não ter sofrido nenhum trauma neurológico, nenhuma costela quebrada. — Olhou para o salva-vidas, ela era toda ira. — Ou pior. Foi por pouco. Onde é que você estava? Uma criança desse tamanho não tinha que estar sozinha na praia e...

— Olha — interrompeu Erika —, eu agradeço profundamente a vocês três, mas você não sabe o que aconteceu, não tem o direito de falar assim comigo. Está me julgando sem conhecimento de causa e, pior ainda, no momento mais difícil de toda a minha vida.

Thaís escutava. Todos escutavam. Erika continuou:

— Eu nunca deixaria ele na praia sozinho. Nunca. A última coisa que preciso hoje é de alguém questionando a minha maternidade. Você tem filhos? Se tem, deveria saber que muitas vezes não estamos no controle. Que eles vivem momentos tristes e um simples abraço não resolve. Mas, para me julgar assim, você não deve ser mãe ainda.

Para surpresa das duas, as pessoas em volta começaram a aplaudir o discurso de Erika. Thaís ficou envergonhada. Teria ido longe demais? Tentou se colocar no lugar daquela mulher, mas teve dificuldade. Desde que Bento nascera, ela não conseguia ver o mundo sob outras perspectivas.

Aos poucos, os banhistas dispersaram e sobraram as três mulheres, tão diferentes e com tanto em comum. O pior dia da vida de Erika seria também um dia importante para Thaís, e o melhor da vida de Zilda. A partir de um afogamento que poderia ter culminado na morte de Matheus, elas não sabiam ainda, mas seus caminhos se encostavam de forma incontornável.

— Eu sou a Zilda.
— Eu sou a Erika.
— Eu sou a Thaís. E, por favor, me desculpe. Mil desculpas.
— Os olhos de Thaís estavam marejados. — Não sei o que me deu, a cena toda foi desesperadora, eu mal pensei. No vigésimo andar daquele prédio está o Bento, meu bebê de dois meses. Meus hormônios estão um caos. Me desculpa? — Thaís começou a chorar, não conseguiu conter aquela explosão de sentimentos, mas também não conseguia interromper sua verborragia na tentativa de se redimir. — Tem tanta coisa acontecendo aqui dentro... Eu me julgo, me culpo o tempo todo. Acho que nunca faço o suficiente. Está confuso. Aí acabei culpando você também. Foi pura projeção, Erika. Que pessoa terrível eu sou!

Erika, sensibilizada pelo que havia acontecido, chorou junto.

— Claro que desculpo. Eu na verdade quero te agradecer, mas não consegui uma brecha.

As três soltaram risos tímidos, tateando se já era apropriado rir. Em situações estressantes, Thaís falava sem parar, ninguém mais conseguia vez.

Vendo a cena toda, Zilda misturou seu riso a um choro que veio com um grande soluço. Aquelas mulheres pareciam tão distantes da sua realidade... Uma morava naquele prédio de madame, a outra estava vestida de executiva. Mesmo assim, tinha algo ali de familiar, de aconchego. Difícil explicar.

Com a mesma brutalidade, Zilda sentiu-se desolada, solitária. Lembrou da cena que vivenciara mais cedo. Não fosse Suzana em sua vida, estaria só no mundo. E se acontecesse alguma coisa com a amiga? Se se afogasse, ou não quisesse mais que ela morasse em seu apartamento, ou decidisse se mudar para outro país? Ela sempre reclamava do Brasil. Já estava difícil e ficaria muito mais. Passou a mão na barriga, o semblante triste.

Thaís e Erika perceberam que tinha algo estranho, que o choro de Zilda não havia sido apenas um extravasar de emoções pelo ocorrido. Foi Matheus quem dissipou o ar carregado.

— Mãe, tô com fome! Acho que posso ter meu lanche agora porque já fiz minha natação, né?

As três, agora sim, caíram numa risada antiga, um *déjà vu* gostoso as invadiu.

Um pouco sem jeito, Erika convidou Thaís e Zilda para um lanche no quiosque. Não era apenas gratidão. Erika realmente queria conhecer melhor as duas. Eram muito diferentes, mas, em uma interação tão breve, sentiu uma mão segurando a sua, e a sua segurando de volta. E outra mão segurando a sua, e a sua segurando de volta. Uma trinca nascia.

— E aí, vamos? É o mínimo, meninas. Se pudesse, eu levaria vocês no melhor restaurante de Santos! Por enquanto a gente tem que se contentar com uma água de coco na orla.

O papo foi todo maternidade. Thaís falou da profissão que ficou de escanteio, do marido ausente e do baby blues. Erika então contou que o marido era presente até demais, que era ela quem provia, mas era para o marido que os filhos corriam. Zilda estava desconfortável, mas mesmo assim contou um pouco da sua história, que havia engravidado de um homem que jamais seria pai de sua filha e que a mãe jamais viria ajudá-la.

Zilda pensou durante toda a gravidez que seria mãe sem conhecer outra mãe (a dela não contava). Nesse dia tão estranho, estava diante de duas mulheres até uma hora atrás desconhecidas e sentiu que podia revelar como estava odiando estar grávida. E elas a acolhiam! Era tão bom fazer parte, não ter que fingir, não se sentir sozinha no mundo com sentimentos de culpa.

Thaís apalpou os seios cheios de leite, foi incrível poder ser alguém além de mãe, mas precisava voltar para dar de mamar. Também estava com saudades do seu bebê — um sentimento novo, uma prova silenciosa, porém concreta, de que é uma mãe amorosa. Além disso, Rosa já devia estar preocupada. Então levantou-se, pediu o telefone das duas para marcarem um encontro em breve. Temia que fosse mais um caso de "nos falamos" e nunca mais falariam. Tentaria, ela mesma, organizar algo. Que fosse um café algumas semanas depois de Zilda dar à luz. A gente tem que se agarrar às oportunidades de conexão. Parecia até meio infantil, na vida adulta a gente não faz amizades com essa rapidez, ainda mais com revelações tão íntimas. Ouvia Erika falando com desenvoltura da vida após filhos e quis que... ela morasse no andar de baixo.

Dizia que não é brincadeira. Prometeu que aquilo passaria e, embora Thaís tenha ouvido isso de muita gente, só agora conseguiu acreditar. Queria colocar Zilda no colo, sabia exatamente como aquela menina linda e desamparada se sentia. E pela primeira vez sentiu uma paz que há muito procurava: a de saber que não era só com ela. Que ela não era desalmada. Outra pessoa tinha sentido igual. Então, como era de esperar, os olhos se encheram de lágrimas.

— Maldito puerpério, malditos hormônios! — E riram, riram.

Matheus, então, também se levantou.

— Alguém derrubou água de coco, mãe, não fui eu!

Por alguns instantes, Zilda procurou por cocos tombados, mas logo ficou claro que sua filha tinha escolhido um dia cheio de aventuras para tornar tudo ainda mais intenso.

Em meio a mais um caos, uma certeza despontava naquelas mulheres. As três eram vias rápidas que vinham de realidades distintas se encontrando, pela primeira vez, no mesmo mar. Três rios. O Trio.

capítulo seis
banho de lua

— Não pode ser. Está errado isso. Será que rompeu a bolsa, mas agora tem que esperar mais uns dias? Porque estou de 37 semanas, está cedo. Não está?

Zilda tentava se encontrar na própria confusão. Falava consigo, mas esperava as respostas. Como faria? Tinha ouvido falar que em geral essas coisas acontecem no meio da noite, não se preparou para que o momento chegasse no meio do dia, e menos ainda que chegasse antes da hora, em um dia maluco como aquele. Se sentia uma sonsa ali na frente de duas mães experientes. De repente sentiu abrir um abismo entre ela e aquelas mulheres. Eram quase estranhas novamente. Que ingenuidade a sua, pensar que poderia realmente nascer uma amizade.

Erika e Thaís se entreolharam. Elas sabiam que a bebê não tinha pai, mas não ousaram perguntar, por discrição, qual era seu plano. Agora não tinha saída.

— Zilda, o que podemos fazer? Você tem um plano de parto? — Thaís tentava ajudar, mas só deixava a menina mais ansiosa.

— Plano de parto? Ué, quem planeja não é o obstetra?

Novamente Thaís e Erika trocaram olhares preocupados.

— Você tem alguém para quem a gente possa ligar para avisar e vir te buscar?

Zilda, com os olhos arregalados de medo, respondeu que sim.

— O problema é que a Suzana está trabalhando. Ela tem um salão e praticamente não consegue tirar o celular da bolsa. A melhor hora de falar com ela teria sido no seu intervalo, há uma hora. Eu vou tentar, mas não tenho esperanças de que responda logo.

O medo foi se transformando em pânico nas três. Erika precisava deixar Matheus com Edu, pegar um novo par de sapatos e voltar para o trabalho, não havia saída. Ela tinha dezenas de chamadas perdidas de Edu e Rangel. Havia respondido aos dois. A Edu dissera: "Tudo vai bem, daqui a pouco chego em casa e te entrego o Matheus". Ele mandou uma resposta com três pontos de interrogação que ela decidiu ignorar. Para Rangel, disse que houve um problema com seu filho, contou do incidente na escola, do comportamento da diretora, da corrida de Matheus pela rua até se jogar no mar e se afogar, mas, boa funcionária que era, em meia hora chegaria ao escritório. O fato de Rangel ter lido a mensagem mas não respondido a deixou paranoica. *Ele está puto da vida, pensando que errou ao me promover, foi acontecer justo no dia da promoção, o incidente não era de sua alçada, então não tinha por que lhe dar detalhes, vai me dar um sermão quando eu voltar, e, depois desse episódio traumatizante, não tenho espaço mental para mais um estresse*, pensou, perdendo o ar.

Thaís tinha um recém-nascido em casa. Queria ajudar, mas como? Pensando em suas opções, decidiu:

— Zilda, você vem comigo pra minha casa. Toma um banho, a gente pega uma roupa limpa, algumas roupinhas do Bento, paninhos, lencinhos e pomada e colocamos na mala. A Rosa ajuda a gente. Enquanto isso, eu dou de mamar pro Bento, porque meu peito está explodindo. Depois te levo ao hospital. Tenho leite congelado, e se precisar a Rosa dá. Pronto, não tem erro. Vamos? — Ela estranhou sua própria agilidade.

Zilda hesitou. Quem era Rosa? E aquela Thaís que acabara de conhecer, podia confiar assim? Infelizmente, Zilda não tinha alternativa. Estava tudo diferente de como ela imaginou.

Seus olhos se encheram de lágrimas. *Mas que vida difícil essa, meu Deus. Não podia, uma vez, dar certo para mim? Eu sei que o Senhor escreve certo por linhas tortas, mas não dá para de vez em quando escrever em linhas certas?*
Percebendo, Thaís a puxou pelo braço.
— Não pense. Apenas me deixe pensar por você — disse Thaís. Parecia que havia lido os pensamentos de Zilda. — Tenta confiar em mim. Sei que é difícil, acabamos de nos conhecer, mas lembre que sou médica e que há dois meses eu estava no seu lugar.
Zilda assentiu. Estava aliviada por ter alguém levando-a literalmente pela mão, porque estava paralisada. Imóvel, tinha a ilusão de que poderia fazer o tempo parar.

A passagem pelo apartamento de Thaís foi breve, Zilda já começava a sentir as contrações e estava ansiosa para chegar ao hospital. Aquilo tudo era muito novo, ela não tinha ideia do que passaria até ter sua pequena nos braços. Olhou em volta, incrédula e encabulada. Nunca havia visto um apartamento como aquele: uma sala imensa, aquela vista, a decoração de novela.

Thaís percebeu o desconforto de Zilda e levou-a para conhecer Bento. Ainda no corredor, seu filho começou a chorar. Ele sentia o cheiro do leite. Rosa o balançava levemente e com muita calma, apesar dos gritos. Ela entendia que era assim mesmo, bebês choram. Era essa tranquilidade que ainda faltava a Thaís. Chegou no quarto já arrancando a roupa. Quando Bento finalmente começou a mamar, ela respirou aliviada.

Apresentou Zilda, explicou a história maluca que viveram havia pouco e arrematou:
— Rosa, preciso da sua magia. A bolsa da Zilda estourou. Primeiro, preciso que encontre algum vestido meu para ela usar agora, mais um extra. E dois pijamas também. Pomadas,

fraldas, bodies: uns três devem dar... — Rosa olhou a patroa com ternura. Finalmente a Thaís que ela conhecia estava dando as caras. — Além disso, vou levar a Zilda ao hospital, então vou tirar mais uma mamadeira para você dar pro Bento, tá? Se faltar, tem mais no freezer.

Rosa abriu um sorriso largo:

— Vá tranquila, o Bento fica aqui me fazendo companhia, orgulhoso da mãe dele. — Rosa virou-se para Zilda e disse: — Você tirou a sorte grande. Essa aí, quando decide ajudar, vai até o final.

Ainda no carro, as contrações de Zilda se intensificaram. Ela queria que Thaís fosse mais rápido, mas jamais teria coragem de se pronunciar. Chegaram ao pronto-socorro e não havia *valet*. Thaís hesitou, mas conseguiu encontrar um estacionamento a quatrocentos metros do hospital e foi apoio de Zilda, que de três em três minutos tinha que parar para gritar.

Quando finalmente chegaram, o choque foi imenso. Thaís tentou disfarçar, estava horrorizada. Na porta, um segurança a orientou a pegar uma senha. Havia vinte em sua frente, e Zilda começou a se desesperar. A dor só aumentava. Como conseguiria passar por toda a burocracia que ela bem conhecia?

Percebendo a angústia de Zilda, Thaís abordou a recepcionista. Disse que era médica e que sua amiga estava com contrações de três em três minutos, a bolsa estourada e precisava ser atendida com urgência. A atendente, com desdém, ignorou a carteirada da madame. Foi meia hora de espera até que Zilda recebesse uma prancheta com quatro páginas de ficha de cadastro.

— Se deixar um único campo em branco, não consigo dar entrada. — A recepcionista nem olhava para as pacientes. Um desânimo imenso tomou conta de Zilda. Como uma pessoa é capaz de azedar a ponto de menosprezar mulheres vivendo o momento mais intenso de suas vidas e uma dor quase insuportável?

Thaís tomou a prancheta de sua mão.

— Lembra que sou médica? Temos aula sobre como escrever rápido, mesmo que seja um garrancho — brincou.

Zilda deixou-se cuidar e, entre uma contração e outra, foi passando as informações. O campo que temia e sabia que era inevitável estava ali, em branco: o nome do pai da bebê.

— Desconhecido. — A recepcionista havia sido clara: nenhum campo em branco.

Ao final do formulário, Zilda já estava gritando de dor, mas precisava falar com a recepcionista para deixar Suzana entrar como acompanhante. Enquanto isso, pediu para Thaís mandar mais uma mensagem para sua amiga — a quinta ou sexta — para ela vir ao hospital urgentemente.

— Aqui, senhora, coloca o acompanhante aqui, está vendo? Está escrito "acompanhante".

Zilda estava fragilizada demais para se irritar.

— Eu entendi, moça, quero que minha amiga Suzana seja acompanhante.

A recepcionista olhou para Zilda pela primeira vez.

— Mãezinha, ou é o pai da criança ou alguém da sua família. Ou nada.

Thaís ouvia sem acreditar. Uma maternidade que ficou presa nos anos 1950. Teve vontade de colocar Zilda no colo, dizer que tudo ficaria bem, mas não tinha como garantir, ainda mais naquele lugar. Também tomava coragem para dizer à sua nova amiga que teria que deixá-la sozinha naquele lugar porque precisava voltar para o seu bebê. Rosa havia mandado uma mensagem perguntando se ela demoraria, porque precisava começar a preparar a janta e Bento não queria saber de nada que não fosse colo. Além de Rosa, seus seios vazando leite também a chamavam de volta mais uma vez. E estava faminta. Zilda leu sua expressão.

— Vai para casa, você já me ajudou muito, logo eles atendem.

— Eu ficaria mais tranquila se alguém que você confia estivesse aqui, mesmo se não puder entrar na sala de parto.

Zilda engoliu o bolo na garganta:

— É o que é.

Thaís estava com o coração partido. O nascimento de Bento foi num hospital privado, ela teve todo o cuidado desde a internação até a saída da maternidade, teve o marido a acompanhando, a família esperando, um quarto que parecia mais um hotel, cheio de lembrancinhas e bem-nascidos esperando as visitas. Mesmo com tudo isso, foi muito difícil. Zilda iria parir em condições que Thaís jamais imaginou possíveis, mesmo sendo médica. Não era uma questão de aparências e firulas. Tudo o que uma parturiente precisa é de acolhimento. Ali não tinha, e a única fonte de carinho para Zilda naquele momento era Thaís, que já tinha que ir embora.

— Você avisa assim que ela nascer? Vou ficar com o telefone na mão. — Zilda fez que sim, o rosto contorcido por mais uma contração. Antes de virar as costas, Thaís também se emocionou: — Você acredita em Deus? — Zilda fez outro sim cheio de dor. — Pois eu tenho certeza que foi Ele que te colocou no meu caminho hoje, e no do Matheus também.

~~~

Foram algumas horas até entrar na sala de parto gelada, a luz branca, o cheiro de álcool. Inesquecível. Eram imagens de relance que levaria consigo: os olhos do médico por detrás dos óculos sujos, as mãos frias e firmes das enfermeiras, que não sorriam — embora pudessem — e tinham cara de mães. O sentir-se pequena, vulnerável. Tão dolorosamente sozinha. O obstetra de plantão mal falava. Claramente irritado de estar ali, demonstrava sua frustração toda vez que uma enfermeira não lia seu pensamento. As contrações de Zilda o divertiam.

— Ih, senhora, ainda tem chão, pode gritar.

Um olhar para os lados demandando cumplicidade. Vez ou outra, as enfermeiras acariciavam o ombro daquela menina solitária, imaginando o que pode ter dado errado para estar ali sozinha. Mais não podiam fazer, a autoridade daquele médico não deveria ser questionada.

— A dilatação está indo, mas a criança não desce. — Entre uma contração e outra, Zilda implorou por uma cesariana. O médico disse que ali não era hospital particular: — Você não escolhe, querida. — No ápice de sua irritação, ele decidiu: — Vou fazer a manobra. — As enfermeiras se entreolharam. Zilda não fazia ideia do que ele estava falando. Olhou inquisitivamente, mas todas evitaram o seu rosto. — Dou dez minutos, o tempo de fumar meu cigarro, senão empurro esse bebê com a mão.

Zilda não entendia como era possível manobrar um bebê com as mãos, como se fosse um boneco. Em dez minutos, ela saberia.

~~~

Numa grande sala com pequenos quartos delimitados por cortinas plásticas, entre o que pareciam ser dezenas de bebês chorando, Zilda acordou. Sua filha estava num berço de acrílico, embrulhada num charutinho, dormindo satisfeita.

Estava pronta para encarar o mundo sem o calor, sem o seio da mãe para acolhê-la no momento exato em que viver começava a doer.

Não era assim que imaginava que conheceria sua filha. Como pôde dormir em paz sem que a própria mãe pudesse ampará-la? Uma marca arroxeada na testa da bebê chamou a atenção de Zilda. A enfermeira percebeu:

— Ela está bem, mas o doutor precisou fazer a manobra e a removeu com fórceps.

A palavra "removeu" foi um soco. Zilda queria gritar com aquela mulher, cuspir naquele médico, arrancar os olhos daquela recepcionista. Mas tudo o que fez foi chorar. Um choro sofrido que ecoou na sala lotada. Ela queria usar as lágrimas para lavar o que vivera e ir para casa começar sua vida ao lado daquele pacotinho.

— Vamos começar do zero? — disse Zilda para a filha, pegando-a no colo.

Lembrou-se do pai, que não estava mais ali, mas vivia em seus pensamentos. Imaginou o avô maravilhoso que ele seria, como a ensinaria a nadar, as três gerações no mar, pegando onda. Sua pequena deitada como um peixinho em sua prancha, esperando aquela aventura maluca e segura começar junto aos braços fortes de sua mãe, ao peito quente de seu avô.

Foi pensando no mar que Zilda conheceu o rostinho daquela que havia nadado por nove meses em seu ventre. Era bochechuda, tão linda, tão doce. A carinha tão redonda. Mais parecia um anjo. Tê-la nos braços transportou-a para um lugar de calor e ternura. Que poder tinha aquela menininha sobre ela... Apesar da boca amarga, dos rasgos, da invasão, dos machucados, da violência.

Zilda pegou seu telefone e viu dezenas de mensagens de Suzana e das novas amigas. Thaís havia criado um grupo para poder se comunicar mais facilmente. As duas contaram como havia sido o resto daquele dia tão surreal e estavam ansiosas para receber notícias.

> **THAÍS** A gente sabe que você deve estar recebendo mil mensagens, mas se puder só manda um oi pra gente saber que você está bem.

> **ZILDA** Meninas, estou bem. Estamos bem. Minha pequena está aqui ao lado e eu nem acredito.

> **ERIKA** Que coisa mais maravilhosa. Tão bom receber notícias... Manda foto?

> **ZILDA** (1) Foto

> **THAÍS** Ai, meu Deus, que emoção!

> **ERIKA** Como é linda! E como ela se chama?

> **ZILDA** Olhem pela janela e vocês vão entender.

> **ZILDA** Viram? Vai se chamar Lua. Seu nome nessa vida será Lua. A que manda nas marés.

capítulo sete
o breve espaço entre o fundo do mar e *a* orl*a*

O dia mais longo da vida de Erika parecia finalmente chegar ao fim. A tarde de trabalho havia sido frustrante. Ela não conseguia se concentrar, precisava ler tudo vinte vezes para entender os e-mails mais simples. Aquele caos todo tinha que acontecer justo no dia em que havia sido promovida e precisava performar. Ela tentava, mas era impossível se livrar da lembrança obsessiva do choro doído de Matheus ao sair correndo pelo corredor da escola, das perninhas curtas e frenéticas rumo ao mar. E se Zilda não aparecesse para gritar ao salva-vidas? E se Thaís não estivesse na orla naquele momento? E se tudo tivesse demorado um minuto a mais? E se... Eram pensamentos angustiantes e indeléveis. Talvez fosse o caso de voltar com o ansiolítico. Mas como? Erika não podia nem cogitar a possibilidade de ficar com sono, de dormir mais do que seis horas por noite.

— *Por hoje chega.* — Erika fechou o notebook, colocou-o na bolsa e foi para casa sem passar na sala de Rangel para se despedir. Ela sabia que seria um erro no dia de sua promoção ir embora às sete da noite, mas precisava, pela primeira vez em semanas, chegar a tempo do jantar em família. Precisava, também, conversar com Matheus.

Quando chegou em casa, Edu e os meninos já comiam. Erika largou a bolsa e o celular no sofá e juntou-se aos três. Pareciam felizes de vê-la em casa àquela hora — ou era o estrogonofe da Maria? Erika achava difícil acreditar na capacidade que sua presença tinha de trazer alegria à família. Sabia que era exagero, mas não sentia.

Erika deu banho nos meninos e pediu para Edu colocar Thomás para dormir. Sentou-se na beira da cama para conversar com Matheus. O menino estava visivelmente cansado, o incidente todo consumiu muita energia, mas esse papo não podia esperar.

— Meu amor, você consegue entender a gravidade do que aconteceu? Entende o que poderia ter acontecido? Olha, entendo a sua dor, mas jogar um copo de suco no colega não vai resolver as coisas. A gente tem que tentar conversar.

Matheus esvaziou o olhar na parede. Depois de um silêncio inquietante, disse:

— Mamãe, você não entende. Não sabe como é. Eu tento falar, mas eles não deixam.

Erika respirou fundo. Era difícil ensinar o que nem ela conseguia entender.

— Filho, na vida você vai encontrar muitas pessoas que fazem coisas erradas, que nem os seus colegas. Às vezes a gente não pode evitar, nem conversar. Acho que foi o seu caso hoje, né? — Matheus fez que sim, o olhar encontrando o da mãe, os olhos pequenos oceanos. — Se não puder resolver na conversa, peça ajuda pra algum adulto responsável que estiver por perto. O que não dá é pra agredir fisicamente. Jogar suco no colega é agressão física. Não pode. — Os olhos de Matheus voltaram para o vazio do rodapé. Como era difícil dizer o adequado ao filho enquanto, por dentro, Erika queria mais era que Matheus jogasse suco, bisnaguinha, iogurte, de preferência usando itens de dentro da lancheira do próprio agressor. Ela respirou fundo: — Pra mamãe é difícil também, mas a gente vai aprendendo juntos, tá?

Um longo silêncio se seguiu. Erika juntava forças para falar sem chorar:

— E, filho, nunca, nunca mais fuja de mim daquela maneira. Quando você saiu daquele jeito foi como se tivessem arrancado um pedaço de mim.

Matheus olhou para a mãe, as lágrimas traçando rios pelas bochechas de ambos.

— Desculpa, mamãe. Eu quis correr muito e ir no fundo, não sei direito por quê, eu estava com muita raiva e precisava sair daquela escola.

— Entendo, meu amor, mas você tem que aprender a se controlar. Podia ter sido muito pior, você sabe. Quero que, antes de sair correndo, você tente pensar no que está fazendo.

Os olhos de Matheus estavam arregalados, angustiados, mas Erika achou bom. Ele precisava entender a gravidade daquilo para não repetir.

— A vida é o bem mais precioso que temos, filho. Corra pra mim, eu estou sempre aqui. — Matheus segurou o rosto da mãe com as duas mãos, os pequenos dedos perseguindo as lágrimas para poder bebê-las. Adorava o gosto salgado do alívio. Ela o abraçou inteiro; entre eles, nem uma molécula. A voz embargada saiu do peito angustiado de Erika: — Você é minha parte mais bonita, filho.

Nesse dia, Matheus custou a dormir. Erika deitou com ele no espaço pequeno que os obrigava a se entrelaçar. Esperou até que o filho pegasse no sono e saiu na ponta dos pés. Na semana seguinte, teria que inventar alguma desculpa para poder sair mais cedo do trabalho e ir no dia da família à escola do filho. Ficou irritada: essa escola pensa que mãe não trabalha? Seis da tarde era lá horário de fazer festinha? Que vida era aquela?

Não soube conter o choro quando sentou para jantar. Edu se aproximou e disse "eu sei". Não tinha mais o que dizer. Não, ele não sabia. Erika se irritou novamente. Ele não vivia com aquele monte de pratos rodando, esperando um erro de planejamento para estilhaçar no chão. Edu pegou sua mão, parecia ler seus pensamentos.

— Eu sei que preciso de um emprego. Estou mandando currículos, mas está difícil, a maioria nem me responde. Estou, inclusive, cogitando Uber. O que acha?

Erika, incrédula, não tinha energia para discutir aquilo.

— Edu, seja lá qual for o seu próximo emprego, tem que ganhar mais do que o preço de uma escolinha para o Thomás e a mensalidade de período integral do Matheus. A Maria não dá conta de tudo. Vamos manter o foco?

Ele se levantou, machucado.

— Você não percebe, mas faz igualzinho aos homens que as mães tanto criticam. Você acha que eu passo o dia sem fazer nada, descansando? Eu quero trabalhar também, Erika. — Edu raramente demonstrava sua frustração. Quando acontecia, Erika se preocupava. Sabia que ele em geral tinha razão. — Mas acho que estamos cansados demais para falar disso agora. Vou ali *manter o foco* e mandar mais currículos.

Os dois machucados naquele final de dia sem fim. Edu esmagava grãos de arroz que sobraram no prato. Erika levantou para guardar a comida na geladeira. O espaço era largo, o silêncio era pesado. Não conseguiram sair daquele mangue, e assim encerraram as trocas. Edu, vencido pelo cansaço, foi ver TV, Erika foi para o computador. Um dia que começou bom, continuou horrível e se encerrava com esse gosto amargo de desencontro. Parecia que nunca encontrariam o equilíbrio para aquela situação pouco usual em que marido e mulher não se enquadram no padrão.

Naquela noite, Erika sonhou com Zilda e Thaís. Via, ao longe, cada uma carregando seus bebês num sling florido que inflava com alguns sopros, como uma boia. As duas conversavam num banco virado para a avenida, de costas para a praia. Falavam e riam, até que Erika chegava, perguntava se não queriam virar o banco para ver o mar, mais bonito do que a vista da rua. Elas riam e continuavam conversando, como se Erika não estivesse lá. Ela, então, tentava girar o banco sozinha, mesmo com as duas sentadas. Elas se levantavam irritadas. Thaís dizia:

— A gente não precisa girar o banco, nossos filhos estão bem aqui.

Zilda pegava na mão de Thaís e tentava puxá-la para ir embora:
— O sol está muito forte pros bebês, vamos pra sua casa? — As duas viravam as costas para Erika, que as via atravessarem a rua.

Do outro lado, gritaram:
— Agora é melhor você virar o banco!

O dia seguinte chegou como uma bofetada. Tudo em Erika doía, resultado de um corpo inteiro contraído da tensão do dia anterior. Ela queria passar alguns minutos com os filhos antes de sair para o trabalho, tomar café da manhã juntos, mas sabia que precisava chegar cedo, de preferência antes de Rangel. Ouviu a programação de Edu enquanto escovava os dentes. Não soube esconder a irritação com o nível de detalhes.

— Amor, dá uma resumida, preciso sair.

Edu, visivelmente magoado, disse:
— Claro, vai lá. Sei bem como é isso de ter um emprego.

Erika também ficou chateada. Sua intenção não era diminuir o marido, mas não tinha jeito. Para funcionar, teriam que tocar em assuntos difíceis. Ela fez um breve carinho na nuca do marido, beijou sua testa:

— De noite a gente conversa sobre isso — e saiu para se despedir dos filhos. Thomás deu para chorar toda vez que ela dava tchau. O coração parecia um botão descosturado dentro dela. Matheus já estava acostumado.

— Mamãe, essa noite eu tive um sonho muito louco... Mas vou te contar mais tarde, se você chegar antes de eu dormir.

Erika abriu um sorriso triste.

— Guarda bem o sonho nessa cabeça linda, porque eu quero saber de cada detalhe hoje à noite, ok?

Pegou a cartela de Dorflex e escorregou para fora de casa. Do carro mesmo, mandou mensagens no grupo de WhatsApp com as novas amigas. Não as tirava da cabeça. O sonho pareceu tão real que até teve receio de escrever. Acima de tudo, queria saber de Zilda.

> **ERIKA** Bom dia, meninas! Sonhei com vocês essa noite. Foi um sonho bem chato, nem estou a fim de falar, mas deu vontade de vê-las! Zilda, como você está? Passou bem a noite? Posso passar no hospital na hora do almoço?

> **ZILDA** Bom dia! Dormi bem, dentro do possível. Lua acordou três vezes, minhas olheiras em breve darão as caras, kkkk! Claro que pode. Vou adorar.

> **ERIKA** Vou tentar. Não tenho mais do que meia hora de almoço hoje. Seria por uns dez minutos mesmo. Vamos, Thaís? E conta pra gente, o Bento ficou bem ontem?

> **THAÍS** Oi, oi, meninas, bom dia! Que bom receber mensagens de vocês logo cedo. Também estou LOUCA para conhecer a Lua. Combinado, hora do almoço. O Bento ficou ótimo ontem, foi um grande marco ter podido, e conseguido, me separar dele por tanto tempo. Fiquei feliz com essa conquista. O que não foi muito legal foi o diálogo que se sucedeu com meu marido. História para falarmos ao vivo.

> **ERIKA** Pois eu também tenho roupa suja que ficou de molho para ser lavada.

> **ZILDA** Então venham, meninas. Está tudo tão estranho aqui dentro, tudo mudou. Preciso de papo leve para lembrar que existe leveza.

Erika sentia que a ligação das três era especial, mas também sentiu um pouco de ciúme, queria ter podido acompanhá-las ao hospital, ter participado daquele momento. Ela contava nos dedos os amigos que sobraram. Não queria perder novamente. Era uma chance da vida e ela sabia que precisava abraçá-la, mas sabia também que para manter uma amizade não era só arremessar uma semente e esperar um milagre.

O café da manhã da padaria já estava virando rotina. Erika sabia que, com o volume de trabalho e o status do novo cargo, precisaria prolongar a jornada que já era longa. Apenas 24 horas depois de sua promoção e já estava pressentindo seu significado. Não acreditava que conseguiria entregar. Por um lado, era fantástico ganhar mais. As crianças crescem, e os gastos também. Por outro, sacrificaria ainda mais sua vida em família, veria menos os meninos, ficaria mais cansada e irritada. Mas não havia escolha. Se quisesse manter seu posto, teria que crescer. É como a máquina funciona.

Ao chegar no escritório, Erika viu Rangel já na ativa diante do computador. Sentiu a base da espinha gelar, o homem era uma máquina e também tinha dois filhos. Mesmo assim, ele vivia para a empresa — feito só para homem mesmo. Erika adorava o que fazia, mas não conseguia se imaginar casando com seu emprego. O volume de post-its com pendências grudadas por todo lado era assustador, e ele, compenetrado, parecia regozijar com aquilo.

— Olha lá, minha nova gerente! Não se assuste com esse monte de post-its, porque logo sua mesa também vai estar assim. — Rangel sorriu, mordendo a língua como se fosse uma criança, um costume que a irritava.

— Obrigada, chefe, entendi o recado, vou me dedicar ao máximo. A única coisa...

Rangel a interrompeu, outro costume que a tirava do sério:

— Não tenho dúvidas. Você viu seus e-mails hoje de manhã? Te mandei um documento com os primeiros projetos e os respectivos prazos.

Erika não tinha visto os e-mails. Pegou o celular e abriu a mensagem que Rangel havia enviado às 6h58. Anexo, um arquivo de oito páginas detalhando como os oito projetos deveriam ser entregues em uma semana.

— Rangel, esses prazos são impossíveis. Não tem como, e você sabe.

— Ah, minha querida, eu sei que é puxado. O prazo é de sete dias justamente para ter o fim de semana para finalizar. Você sempre dá um jeito, é a melhor funcionária que eu já tive. Sei que não vai me decepcionar.

Erika tentou sorrir, mas sua expressão ficou truncada, com uma ruga de preocupação. Rangel fingiu que não percebeu e, com uma piscadela, deu a deixa para ela sair. A verdade é que ele ainda não estava certo, precisaria em breve reavaliar se a promoção de Erika havia sido uma boa decisão.

capítulo oito
rede sem pesca

— Ei, psiu, sou eu, sua esposa, lembra? Eu existo, sou de carne e osso, preciso de você aqui no mundo físico. — Thaís acenava com um braço e, com o outro, acolhia Bento junto a seu seio.

Victor já estava de saco cheio das tiradas sarcásticas da esposa.

— Estou aqui, Thaís, não começa.

— Não está. Você vive mais no mundo virtual do que no real. Isso é muito triste.

Victor parou de digitar, guardou o celular no bolso e olhou irritado para a esposa.

— Ih, que carência chata... Isso é importante. Infelizmente, pra botar comida na mesa preciso estar conectado o tempo todo.

Thaís procurava formas concretas no chão de mármore. Bento em seu colo fazia barulhinhos satisfeitos e agora ganhava da mãe leves batucadas nas costas para arrotar. Cheirando o pescoço do filho, ela não chegou a subir os olhos ao encontro do olhar do marido.

— Isso aqui também é importante. — Nenhuma reação. Pelo menos o telefone continuava no bolso. — Eu sinto falta de você participar mais, da gente melhorar a nossa rotina com o Bento. Me sinto sobrecarregada, o cansaço é surreal, mas o que mais tem pegado é a solidão. Ficar o tempo todo com um bebê é muito solitário.

Irritado, num gesto automático, Victor enfiou a mão no bolso para pegar o celular, depois voltou atrás.

— Solitária como, Thaís? Não consigo entender. — E começou a enumerar as razões pelas quais Thaís agia como louca: — Para começar, você está com seu filho, SEU FILHO. Ele é perfeito. Como pode se sentir sozinha? Chega a ser pecado. Em segundo lugar, pago a Rosa para cuidar da casa e ela te faz companhia. Você diz que a adora. Em terceiro lugar, você tem sua mãe, não sei por que não a convida mais frequentemente. Por fim, estou fazendo o meu melhor. Não vim almoçar em casa? O que mais você quer de mim? Eu trabalho, Thaís. Você um dia já trabalhou e sabe do que estou falando. Ficar com Bento em casa para poder ter tranquilidade no primeiro ano foi sua escolha. Uma escolha que eu tenho que bancar.

Thaís refletiu sobre as palavras de Victor. O silêncio era quase líquido. Deveria ter se explicado melhor. A solidão que sentia não era por estar sozinha. Era por ver abrir um abismo entre Victor e ela (e Bento). A sensação era de que, depois que o filho nasceu, o marido ficou ainda mais distante. Mas talvez a culpa fosse um pouco dela, que vivia reclamando. Insegura, Thaís ponderou as palavras do marido. *Será que ele está certo? Estou sendo injusta? Ele trabalha tanto, talvez esteja até mais sobrecarregado do que eu.* Sentiu nas costas o peso daquela constatação. De repente era ela a quebrada, a que não conseguia o que toda mãe consegue: dar conta e sorrir, mesmo sofrendo um pouco por dentro. De repente ela não sabia ser mãe, não havia nascido para aquilo, tinha sido um grande e incontornável erro. De repente era preguiçosa.

— Desculpe, amor. Você tem razão. É que estou tão cansada, não imaginei que seria assim. Na verdade não me sinto muito mãe ainda, deixo a desejar nas tarefas mais simples. — Thaís se esforçava para escolher as palavras, porém todas pareciam erradas. Sabia que Victor não a entenderia. Ela não estava arrependida, apenas gostaria de sentir a leveza que havia em sua vida antes de ter seu filho. O que ela buscava, mas não conseguia explicar, era alívio. — O Bento nasceu e minha vida virou de cabeça para baixo. — Victor olhou para Thaís, franziu brevemente as sobrancelhas sem entender. Eram de planetas distintos, falavam línguas opostas. — Na verdade, acho que eu ainda não nasci como mãe. Só posso ser péssima nisso. Vou ter que aceitar ser péssima em algo que é para sempre. — Thaís começou a soluçar, as lágrimas eram tantas que já conheciam o caminho. Ela não aguentava mais chorar.

Victor improvisou um cafuné na mulher.

— Não inventa problema onde não existe, linda. Você é uma ótima mãe. — Com a deixa, pegou o celular: — Putz, olha a hora. Mais um dia sem ir à academia. Vou sair para dar uma corrida na rua mesmo. Você sabe como eu fico sem o meu esporte. — Deu um beijo na cabeça da esposa e outro na cabeça do filho. — Vocês são tudo para mim. Se estou no celular ou pareço ausente, é para poder proporcionar a vocês o que toda família sonha em ter.

Thaís deixou a última frase ecoar. O que Victor falava e o que ela sentia eram peças que não se encaixavam. Na verdade, pertenciam a quebra-cabeças diferentes. Que inveja ela tinha dessa vida que não mudou. A academia, o trabalho, o celular, o celular, o celular.

~~~

A vibração de seu próprio telefone puxou-a de volta. Era o que mais esperava naquela noite: Zilda contando que tinha dado à luz sua bebê e estava tudo bem. Naquela noite, nada ia mudar entre ela e Victor. Seria mais um dia como outro qualquer. Mas confortava Thaís saber que seria o dia mais especial da vida de alguém que ela conhecia — ou tinha acabado de conhecer — e que fez parte do grande evento que tornou o dia especial.

O que Zilda não contou foi dos maus-tratos que viveu no hospital. Não contou que no dia em que a filha nasceu ela quis morrer. Nem que estava desacordada durante o parto e só foi conhecer sua pequena horas depois. Queria dizer que foi o melhor dia de sua vida, mas a verdade é que foi um dos piores. Nunca tinha se sentido tão abusada e sozinha, mesmo com Suzana ao lado. Era uma amizade tão sólida quanto a própria vida, mas não sabia, ainda, quão investida a amiga estava. Suzana dizia que mergulharia de cabeça, mas falar era fácil. De repente ela perceberia que era uma grande cilada e, aos poucos, daria seu jeito para despejar Zilda. Afinal Suzana tinha que trabalhar, mandar dinheiro para a família, pagar contas. E então Zilda parecia dar alguns sopapos na própria cara: *Imagina, que é isso, estamos falando da Su. Su sempre esteve e sempre vai estar presente.*

O que Zilda conseguiu falar foi mais simples:

ZILDA Meninas, obrigada por terem entrado na minha vida. Obrigada pelo acolhimento, pela presença. Eu quero mudar isso, de não nos conhecermos bem. Queria retribuir de alguma forma, chamar vocês para um café quando a poeira baixar. Eu espero muito que vocês aceitem.

THAÍS Ver vocês logo? Pois se prepara que amanhã estou aí, louca para conhecer seu pacotinho.

> **ERIKA** Conte comigo! Cheirar o cangote de uma bebezinha fofa dessas é a energia que preciso para melhorar o dia.

A seu modo, as três sabiam que aquela era uma chance de ser apoio e ser apoiada. De ser rede e se deixar inundar pelas correntes mais quentes. Pressentiam que, juntas, tudo seria menos solitário. Haveria pesca, limpariam os peixes, partilhariam tudo. A mesa já estava sendo posta.

capítulo nove
fratura exposta

A caminho do hospital, com Bento no bebê conforto, Thaís pegou a avenida à beira-mar. Era um dia cinza, e uma onda imensa, como jamais vista em Santos, envelopou seu carro e o puxou para o fundo. O carro era do tamanho de um ônibus e ela teve que nadar até o último banco de trás, mas Bento não estava ali. Ela veio à tona e viu uma multidão na orla gritando seu nome. Por que ninguém vinha ajudar? Mergulhou novamente, agora o mar estava escuro. Tentou chamar o filho, mas nenhum barulho saiu — mesmo se saísse, não havia como ele responder. Chorando de desespero, apalpando o vazio, ela encontrou a perna do filho. Foi tateando até achar o cinto que o prendia ao bebê conforto. Conseguiu soltá-lo e emergiu com ele nos braços. Então nadou até a rebentação e perguntou se não tinha nenhum médico ali. Ela olhava em volta e, ao longe, no calçadão, via Victor com roupa de esporte, uma mão segurava um guarda-chuva e a outra um coco, com o qual fez o gesto de tim-tim.

Então, uma mulher desconhecida se aproximou em silêncio e cochichou em seu ouvido:

— Menina, menina, não é você a médica? — e começou a dançar como se estivesse bêbada, repetindo: — Menina, menina... — Thaís mandava embora a mulher, que dessa vez, alto para que todos ouvissem, falou: — Ela diz que é médica, a menina, mas olha só. É mentira dela. Se fosse médica, os bebês estariam vivos.

Thaís olhou para o filho sem vida no colo e percebeu que estava gravidíssima. Quando enxergou o sangue escorrendo entre as pernas, o mundo ficou todo pintado de vermelho. Era o sol batendo em suas pálpebras fechadas.

Hoje em dia era raro ela acordar depois do nascer do sol. Sentou-se de supetão, uma angústia a percorreu como um trem desgovernado. Ao mesmo tempo, o fim daquele pesadelo foi um grande alívio. Ao longo do dia, Thaís seria assombrada inúmeras vezes pela lembrança do sonho. Claramente, estava ligado ao episódio do dia anterior.

~~~

Bento ainda dormia, e ela aproveitou aqueles minutos de silêncio para mandar uma mensagem no grupo:

> **THAÍS** Zilda, querida, como passou a noite? A Lua, com toda aquela luz, te deixou dormir?

O pesadelo também a fez lembrar de Erika. Com o nascimento de Lua, ninguém pensou em perguntar como havia sido seu dia, se Matheus tinha ficado bem ou se ela também estava melhor. A lembrança do momento em que fez a massagem cardíaca em Matheus a invadiu como um banho quente. Apesar de ter sido um momento desesperador, ela jamais confessaria que também fora incrível ter sentido que sua presença ali tinha sido crucial para salvar uma criança. O negócio de Thaís era cuidar, curar. Em momento algum lhe ocorreu que também deveria perguntar a si mesma se estava bem.

Thaís mandava mais uma mensagem no grupo, para Erika, quando ouviu o barulho da porta dos fundos. Eram sete horas, e Rosa chegava para mais um dia de trabalho. Logo sentiu o cheiro de café coado fresco invadindo a casa. Sentiu-se motivada a levantar. Vestiu roupão e pantufas e foi a passos arrastados ao

encontro de Rosa. Sem Bento nos braços, conseguiu abraçá-la. Contou o sonho horrível e pediu para prometer que jamais iria embora. Rosa não entendeu de onde vinha aquela angústia.
— Dona Thaís, sou muito feliz aqui, não se preocupe.
Os olhos de Thaís logo marejaram.
— Hoje o chororô começou cedo. Que saco isso, não aguento mais chorar.
Foi a palavra mágica. Bento já inaugurou o dia gritando. Era mais tarde do que de costume, Thaís teria que lidar com um bebê ranzinza. Rosa entendeu pelos olhos arregalados de Thaís que hoje seria um dia difícil para a patroa. Dava para cheirar sua angústia.
— Dona Thaís, fica aí. Nem ouse se mexer, que eu vou pegar o Bento pra senhora. Te trago ele trocadinho. Você amamenta enquanto toma um café aqui na cozinha, e, com sorte, ele já cai de novo no sono. Assim te faço companhia e ao mesmo tempo cuido dessa louça.
No peito de Thaís, Bento logo adormeceu novamente.
— Gosto tanto de vê-lo assim, dormindo, as pálpebras para lá e para cá, como se nos sonhos ele assistisse a uma partida de tênis — disse. — Quando está acordado, não consigo prestar atenção em seu rosto. É tudo tão automático, operacional... — Os olhos de Thaís se encheram de lágrimas.
Rosa fez uma pausa e sentou-se de frente para a patroa. Ela tinha a sagacidade de uma psicóloga percebendo a hora de apenas ouvir. Thaís deixou as lágrimas correrem soltas. Ali, com Rosa, ela podia.
— Se o único momento que lembro de mim é quando ele dorme, se eu dormir junto, como recomendam, quando é que vou existir?
Seus pensamentos vinham em enxurradas, e Rosa começou a se preocupar. Aquela melancolia estava durando tempo

demais. Contudo, logo lembrou que era sexta-feira, e dona Thaís tinha passado a odiar as sextas. Ficava mais melancólica do que nos outros dias porque à frente vinham dois dias com cobrança de todos os lados e ajuda de nenhum. Fosse de Victor, de Estela, enfim, de toda a sua chamada "rede de apoio". Sábado e domingo eram dias de sorrir amarelo, de parecer plena despedaçando por dentro. Eram dias de se esconder no quarto com Bento sob os mais variados pretextos. Eram dias de ter que ver graça na manha, de não ligar para vômitos, de tirar de letra, de se virar nos trinta. Sábado e domingo eram dias de ser mãe polvo, mãe leoa e toda a arca de Noé em forma de mãe. Rir do sufoco, ouvir fofocas com a atenção de um colunista social, se importar com a unha quebrada da cunhada e dizer o esperado "nossa, que aflição".

A soneca não havia durado nem vinte minutos e Bento despertou chorando como de costume, tirando Thaís de sua bolha. Ela o levantou com os braços bem estendidos e fez pousar a pequena barriga do filho em sua boca para enchê-la de mordidinhas sem dentes. Ela era o Pac-Man, ele o fantasminha encantado, que por um tempo é comestível e depois volta a consumir.

— Oi, realidade, dormiu bem? — Bento parecia ter entendido a ironia e, com as gengivas arreganhadas, deu sua primeira gargalhada. — Você achou graça, filho? — Emocionada, Thaís repetiu a cena diversas vezes, e a gargalhada se manteve consistente. Que delícia era viver aquele momento. Que sublime era acompanhar a primeira gargalhada do filho.

Rosa observava encantada. Ela sabia que podia aproveitar aquele momento quase fotográfico para lembrar a patroa de que a tristeza tem fim, sim.

— Vai melhorar, só vai ficar melhor, confia em mim. Confia em Deus.

Thaís sorriu e rodopiou com Bento agarrado a seu corpo, a cabeça repousando em seu pescoço.

— Amém. — Ele está ali. Ela também. Acordados. Talvez, na próxima soneca, ela consiga cochilar um pouco em paz.

Aliviada com Bento enchendo a barriga e esvaziando seus seios, Thaís estava certa de que o plano funcionaria.

— Você pode ficar com o Bento hoje de novo? Eu queria visitar a Zilda no hospital. Sei que você teria que preparar o jantar, mas vamos fazer diferente. Eu passo no Van Gogh e trago algo pra gente comer.

Rosa concordou. A verdade é que ela preferia ficar com Bento. Sentia falta de quando seus filhos eram bebês rechonchudos e davam menos trabalho. Dona Thaís é que ainda não sabia disso, e não era ela quem iria contar, mas, quanto mais crescem os filhos, mais difícil fica.

— Rosa, eu gostei tanto dela. Parece que a conheço faz tempo, sabe? Ela só tem uma amiga e mais ninguém. Fiquei com pena de deixá-la sozinha naquele lugar horroroso.

Rosa pensou em sua realidade; também teve que parir em lugares horrorosos. Não teve escolha. Ela olhou com ternura Bento mamando. Os barulhinhos dos goles e a respiração acelerada lhe traziam lembranças doces, embora também tenha tido um início difícil.

— Que bom que você foi no hospital ontem, dona Thaís. Quando poderia imaginar que uma simples volta na praia te traria novas amizades? — Era muito satisfatório se enxergar como um dos vetores daquele encontro. Era por isso que Rosa gostava tanto de trabalhar na casa de Thaís. Lá ela se sentia mais do que uma funcionária doméstica.

O celular não parava de vibrar com novas mensagens. Erika dizia que passaria no hospital por uns dez minutinhos na hora do almoço.

> **THAÍS** Preciso conhecer essa linda Lua redondinha ao vivo! Lá pelo meio-dia eu chego.

> **ZILDA** Com sorte a Suzana também estará por aqui. Não vejo a hora de conhecerem o meu anjo da guarda.

> **ERIKA** Também chego lá pelo meio-dia então. Thaís, te encontro no saguão?

Que incrível que se reencontrariam. Estavam com muita expectativa. Nenhuma das três conseguia explicar a atração que rolava, mas todas a sentiam. Um sentimento meio adolescente de conexão. Era como se, naquele ponto da praia onde as três estiveram no dia anterior, houvesse um magnetismo inexplicável que as puxava para o mesmo centro. Algo que nenhuma delas havia vivido, nem na infância, quando cada amizade parecia que duraria uma vida, mesmo durando às vezes apenas algumas horas.

~~~

Eram dez para o meio-dia. Thaís já havia entrado na fila do hospital com um buquê de flores nas mãos. Sabia que a espera ia longe.

> **THAÍS** Erika, vem tranquila que o negócio aqui vai demorar, viu?

> ERIKA 👍

Aos poucos a fila andou. Chegou a vez de Thaís, e Erika não dava notícias.
— A visita é de quinze minutos, senhora. — Vendo o choque no rosto de Thaís, a secretária arrematou: — Tem gente demais e espaço de menos nesse hospital. Não dá para entrar todo mundo e ficar o tempo que quiser. A senhora não está acostumada, mas aqui é diferente. Sua empregada não tem o próprio quarto.
— Mas que empregada? A Zilda é minha amiga.
A funcionária balançou a cabeça; conhecia essa ladainha, patroa achando que é amiga. Devolveu a identidade de Thaís e colocou-lhe uma pulseira.
— Como quiser. Os quinze minutos já estão contando.
Ela deu uma última olhada para a porta giratória na entrada da maternidade, mas nada de Erika. Thaís subiu sozinha. Caminhava apressada, relembrando como foi seu parto, evitando olhar para os lados. O hospital onde deu à luz Bento era todo moderno, parecia um hotel, e as enfermeiras, comissárias de bordo com aquele sorriso tatuado. Os quartos individuais tinham regalias impensáveis naquele hospital. A experiência da Zilda era completamente outra.
Thaís desfranziu a testa antes de entrar na sala de recuperação. A visão do corredor com vários pacientes não lhe era estranha. Quando fez residência, teve bastante contato com a realidade da rede pública, mas não era daquele jeito. Ou então em poucos anos de clínica particular já havia se esquecido.
Mesmo com todo aquele descaso da maternidade para com as puérperas, a primeira imagem com que Thaís é recebida é a de Zilda com um leve sorriso nos lábios e uma bebê miudinha

e cabeluda em seus braços, o rosto redondo, as bochechas também. De longe, dava para ouvir o tchuque-tchuque de Lua mamando. Parecia que fazia isso há meses. Mãe e filha pareciam estar numa sintonia que Thaís jamais teve com Bento. E toda a pena que Thaís sentia se esvaiu. Zilda estava bem. Estava ótima. Logo iria para casa começar sua vida. Deixar aquele lugar para trás. Era só aguentar um pouco mais.

Thaís se aproximou. Apenas quando estava diante de seu leito, Zilda percebeu sua presença. Se abraçaram emocionadas.

— Parece que estou diante de um quadro. Que imagem mais linda, você e sua Lua. A mais nova mamãe e a mais nova bebê desse mundão.

Zilda alargou o sorriso.

— Você veio... Por muito pouco não conheceu a Suzana. Ela acabou de me trazer algumas roupas, fraldas decentes, aquela caixa de bombons ali. Se bobear, vocês se cruzaram num desses corredores tristes.

— Claro que vim. Promessa é dívida. Além do mais, estava doida para dar mais uma fugida de casa.

As duas riram, cúmplices. Zilda contou como foi o parto, com o olhar perdido num ponto qualquer daquele chão de linóleo asséptico, de um brilho artificial. Thaís percebeu, deixou que a amiga mudasse de assunto, mas sabia que, uma hora ou outra, Zilda teria que encarar o que viveu. Um parto traumático é como fratura: até dá para consertar, mas a dor volta em dias de chuva.

Ver aquela mãe recém-nascida dando o peito para sua filha recém-nascida era tão emocionante e perfeito que dava para esquecer a indiferença triste daquele ambiente que fedia a desinfetante e água sanitária. No entanto, Thaís não deixou de se questionar por que aquela pega perfeita não acontecia entre ela e Bento. Lua não tinha nem 24 horas de vida e já parecia mamar melhor que seu filho. Ver Zilda tão à vontade no seu papel de provedora a fazia acreditar que havia no mundo a "mãe natural" e que ela, Thaís, não era uma delas.

— Nossa, Zilda, parece que você nasceu para isso. Quando eu imaginava uma mãe com um bebê no colo, era em alguém como você que eu pensava.

A amiga abriu um sorriso enquanto acariciava as bochechas ativas de Lua.

— Voltamos a conversar daqui a duas semanas!

As duas riram, e depois veio o silêncio. Thaís não sabia o que dizer. Aquela amizade era muito nova, mas parecia já bem intensa. Zilda parecia à vontade no silêncio.

— A impressão que dá para quem vê de fora é que está tudo perfeito, mas estou tão confusa... — disse, séria, os olhos aos poucos se encheram de lágrimas. — Isso de nascer para ser mãe não existe. A gente aprende no caminho, você não acha? Ninguém nasce sabendo nada. Quando a gente vira mãe não é diferente.

Thaís ficou embasbacada. Parecia que a amiga tinha lido seu pensamento. Chegava a ser constrangedor. Como é que ela já conseguia saber disso?

— Você devia ter feito faculdade de psicologia, Zilda. Tem mães que demoram anos e anos para conseguir entender o que você entendeu em um dia.

Zilda trocou Lua de peito.

— Eu adoraria ter feito psicologia. Mas não tive condições de estudar em tempo integral. — Thaís ficou sem graça. — Esse, Thaís, vai ser um dos meus fardos. Criar Lua sem muitos recursos.

Thaís pensou em falar que amor era tudo e o resto viria aos poucos — mas sabia que era mentira. Sabia que Zilda se preocupava, e com razão. Resolveu acolhê-la com o olhar. Não queria fazer com que a amiga se sentisse ingrata. Sabia que em breve era isso que mais a oprimiria. É o que mais oprime a maior parte das mães: o rótulo da ingratidão pela tristeza que sucede o maior dos presentes. Foi exatamente com esses argumentos, de que ela tinha tudo e não deveria reclamar, que Estela e Victor conseguiram minar o pouco que sobrava de sua saúde mental.

O assunto ameaçava morrer novamente, e Thaís, aflita, o reavivou:

— Ela está sugando bem, né?

Zilda voltou a sorrir.

— Sim, você acredita que a enfermeira disse que meu leite já está descendo de tanto que ela sugou de madrugada? Eu *ainda* não sinto dor, só um pouco de peso do leite, o calor dele sendo produzido. Agora está tudo ótimo, mas todo mundo fala que dói tanto... Melhor não falar muito.

Thaís concordou, mas fez questão de assegurar à amiga de que amamentar era diferente para cada mãe.

— Um pouco de dor no começo, todo mundo sente. Depois pode ficar melhor para algumas, outras decidem parar, outras continuam insistindo... Não tem certo ou errado, só tem que lembrar de ser gentil consigo mesma.

Que irônico, Thaís fazendo esse discurso, quando ela mesma não conseguia aceitar sua falta de habilidade para amamentar Bento. Sentiu-se um pouco hipócrita e, pelos últimos minutos que sobraram, entendeu que o melhor era aproveitar o silêncio ou falar de amenidades. Com sorte, receber Lua no colo. Torcia para Zilda oferecer. Escolheu amenidades.

— Erika não conseguiu chegar. Viu a mensagem dela? Coitada. Que vida difícil também. Ela mal tem tempo pros filhos, vive estressada, cansada...

Thaís refletiu sobre a realidade de Erika. Era "coitada" mesmo? É claro que uma vida tão corrida e estressante não tem como ser prazerosa, mas Thaís teve tantos momentos de desespero e choro nos quais implorava para o tempo passar e ela poder voltar a trabalhar... Fantasiava o momento em que Rosa ficaria com Bento nos braços e ela sairia de casa como uma pessoa normal, sem angústia e sem leite, apenas uma médica ajudando a fazer o mundo girar.

Para salvar Thaís de mais um devaneio, Zilda tirou Lua do peito, ajeitou a camisola e mostrou o rosto de seu pequeno troféu, uma promessa de felicidade que ainda estava inchada, encharcada de ocitocina.

Ela perguntou se Thaís queria colocar Lua para arrotar. Thaís, surpresa e incerta, fez que sim. Com o jeito de quem já tem filho, mas a insegurança de quem está deprimida, Thaís envolveu Lua em seus braços. Ao sentir aquele peso de pluma, Thaís percebeu quanto Bento já havia crescido e sentiu saudade do seu pacotinho que ela agora já conseguia delegar.

— Oi, Lua, sou a tia Thaís. Tenho a impressão de que seremos grandes amigas. Que você tenha sempre muita saúde e seja feliz nessa vida maluca, pequenina.

Ela deu uma longa fungada na cabeça de Lua quando a enfermeira entrou no quarto para enxotá-la dali. Os quinze minutos mais longos e mais rápidos da sua vida.

capítulo dez
todos os espaços

Após três longos dias e um cocô inspecionado pela enfermeira na privada do hospital, Zilda finalmente foi para casa. Suzana empurrava a cadeira de rodas com a amiga e seu rebento, rumo à vida. Chega daquele lugar. Estava ansiosa para levar Zilda de volta para seu cantinho, fazer daquele hospital o passado e inaugurar um novo caderno com todas as páginas em branco para desenhar o que seria a sua maternidade.

Cortar a pulseira do hospital foi mais emocionante do que cortar o cordão umbilical de Lua — até porque Zilda estava apagada naquele momento. O trajeto de táxi até sua casa foi surreal. Aquele bebê virado de costas para o mundo, ela virada para a frente, não conseguia tirar os olhos daquele serzinho. Como era linda, e como era estranho estar se espremendo no carro para comportar aquela nova vida, cheia de energia para ocupar todos os espaços.

— Mais devagar, moço, que pressa é essa? A neném tem três dias! — disse Suzana, indignada. O taxista dirigia abaixo da velocidade permitida, mas parecia um foguete.

Pelo retrovisor, ele respondeu a Suzana:

— Dona, dá para ver que você é mãe de primeira viagem. Eu tenho quatro. Não estressa não, que ela adora esse chacoalho, viu? Vai chegar em casa dormindo — disse, divertido e alto demais.

Ele disse "mãe"? Suzana pensou em corrigi-lo, mas, satisfeita, preferiu ficar calada. De fato, chegando no prédio, Lua dormia profundamente. Não havia motoqueiro que a acordasse. Fecharam a porta do táxi. Agora, sim.

As primeiras horas em casa foram difíceis. Lua chorou sem parar. Nada parecia acalmá-la. Suzana, aflita, procurava respostas no Google ("coloca ela deitada de lado no braço e faz "shhhh"! Tenta o charutinho! É muito cedo para chupeta! Dá o mindinho para ela chupar! Dá mais peito! Chorar abre os pulmões!") enquanto Zilda balançava sua filha tentando conter a irritação. Quando finalmente a filha dormia, a adrenalina do momento continuava circulando. Zilda temia o momento em que Lua acordasse e o festival de choros recomeçasse. Ao mesmo tempo, queria que a filha acordasse: só assim teria certeza de que estava viva. Apenas ela era capaz de protegê-la.

Nessa madrugada eterna, não são só a adrenalina e os medos que mantêm Zilda acordada. Ela também sente a dor dos pontos no períneo e o desconforto do leite descendo de verdade. Os seios seguem quentes e agora, também, duros e machucados. Dois pequenos vulcões que precisavam entrar em erupção o tempo todo.

O peso de ser mãe solo assustava Zilda. Embora tivesse força nos braços e nas pernas para cuidar, não era só o cuidado: precisaria de mais do que membros para criar sua menina. Além do novo papel assustador, outro monstro a assombrava. O mundo já não tinha muitas oportunidades para ela, e agora, com uma bebê pequena, teria que lutar como nunca para cavar para si um lugar.

A angústia no peito explodia em lágrimas quando ouviu um sussurro na porta:

— Zil, vem pra sala ou vai acordar a Lua com seus soluços.

Zilda se levantou com esforço, mas mesmo assim foi. O convite para sair dos pensamentos intrusivos era um alívio. Suzana não enxugou suas lágrimas; ela não era disso. Havia, sim, preparado um sanduíche e um suco de laranja. Teve o cuidado de ralar a cenoura. De passar requeijão nas duas fatias de pão. De coar o suco para ficar como Zilda gosta. De repente, os medos de Zilda pareciam derreter enquanto era acolhida por aquele anjo. Suzana era o que tornava aquela loucura possível.

— Ela está dormindo direto desde aquela hora? — perguntou Suzana.

— Está, acredita? Eu que não preguei os olhos ainda.

— Ok, mas é normal isso? Você checou se ela está respirando?

Zilda riu da inocência cuidadosa de Suzana. Então a amiga não cuidaria só dela. Zilda sabia que criar Lua seria a coisa mais difícil de sua vida, mas sabia também que havia ganhado na loteria. Tinha uma amiga, a melhor, para apoiá-la.

— Você mandou mensagem avisando que nasceu? — Suzana falava do pai de Lua. Zilda nem cogitou escrever para o cara que questionou a paternidade da criança.

— Não, e nem vou. Prefiro minha omissão à decepção de dar a notícia e ter que suportar a omissão dele. — Apalpou os seios que endureciam. — Estou feliz sem a participação do Maicon. Li que mais da metade das mães neste país são mães solo. Eu posso perfeitamente cuidar da Lua.

~~~

Numa noite qualquer, Zilda ficou com mais um cara que tinha uma garrafa de cerveja na mão. Era Maicon. Não tinham nada em comum. Saíram algumas vezes até que, numa bebedeira, transaram sem camisinha.

Algumas semanas depois, a menstruação atrasou. Ela entrou em pânico.

— Não pode ser, não pode ser.

Foi Suzana quem comprou o exame e segurou sua mão enquanto esperavam a porcaria daquele palitinho dar o resultado. Duas listras bem azuis.

Zilda chorou muito. Um choro de muito tempo. De muitos dias. De um passado difícil com sua mãe, de um futuro difícil que a aguardava, ela tinha certeza.

— A minha vida acabou sem nem começar direito.

Suzana a abraçou e disse apenas:

— Estou e estarei aqui.

Maicon, quando soube, deu de ombros e falou que era melhor esperar para ver se o bebê era dele mesmo. Em seu silêncio, a voz de sua mãe gritava:

— Bem feito, quem mandou engravidar, sempre te falei que filho atrasa a vida da gente!

Ao mesmo tempo, escutou a voz de sua madrinha Luíza:

— Deus sabe o fim desde o princípio. A gente é que às vezes custa a enxergar.

De toda a família, quem lhe vinha à mente com mais frequência era o pai. Sílvio fora o primeiro a segurar Zilda no colo e contava divertido o resultado:

— Era cada careta que você fazia para mim, fiquei até com medo, mas não larguei, aquele mau humor era fofo demais.

Aqueles primeiros passos foram desconfortáveis, mas logo abriram espaço para uma conexão verdadeira. Sílvio passava mais tempo com a filha no colo do que a própria mãe.

Aos dois meses, Zilda conheceu o mar. No colo do pai, molhou os pezinhos na água salgada. Emocionado, os olhos transbordando lágrimas, ele disse:

— Minha peixinha, você ainda vai nadar muito nessas águas.

— Por anos, Sílvio a levou para o mar sempre que tinha a oportunidade. — O oceano é um amor que nunca te abandona.

Todos os finais de semana, davam um jeito de ir à praia. A mãe ficava em casa, estava sempre ocupada. O ônibus parava na avenida da orla, na altura do Boqueirão. Quando as portas se abriam, eram inundados pela brisa que lhes levava uma enxurrada de cheiros. Zilda sempre lembraria desse momento com o pai. Toda vez era assim. Punham os pés na areia, sentiam o cheiro de maresia, peixe frito e bronzeador, e o pai a olhava de lado, um sorriso maroto no rosto, a deixa para a tradicional corrida para ver quem chegaria primeiro na espuma. Ela sempre ganhava.

Foi o pai quem ensinou Zilda a nadar, começou quando ela tinha apenas três anos. Ela sentava com as pernas balançando, boias plásticas de cores gritantes, os dedos brincando com o bico da prancha, quase sempre cantarolando. Aquele era o mundo perfeito. Ele remava, remava. Ela se divertia com uma marolinha mais alta, ele ria da risada dela. Continuavam cantando juntos, contando barcos, imaginando quais eram os seres que passavam ali embaixo, no fundo do mar.

Aos seis anos ela não precisava mais de boia, tinha a própria pranchinha, remava junto com o pai, lado a lado. Adorava pegar jacaré e já conseguia ficar em pé na prancha. Ele era seu farol, e os melhores momentos do dia estavam entre a corrida para o mar e o frio que começavam a sentir depois de horas sobre as ondas. Aos oito, já fazia manobras. A prancha parecia grudada em seus pés. Na adolescência, já sem o pai neste plano, prometeu ao mar que, se um dia tivesse filhos, os levaria para serem abençoados pelas águas de Santos, da mesma forma que o mar um dia a abraçou.

Acreditava que era um jeito de Deus comunicar Seu amor. O pai tinha razão: quando chegamos na praia, chegamos na mais perfeita pincelada divina.

Agora, com Lua no colo e o pai no coração, a lembrança a entristecia. Não seria como imaginou, as três gerações juntas no mar. Lua sentada no bico da prancha, cantarolando, nomeando tudo errado os bichinhos do mar, ela e o pai rindo sem fim, engatando uma gargalhada na outra. Não teria a corridinha até a espuma que valia um picolé. O peito peludo e aconchegante do pai, a barriga com a qual ela adorava brincar, os braços fortes que a jogavam para cima e a faziam engolir o sol com sua gargalhada. Lua teria um avô e tanto.

Quando Lua nasceu, Zilda conversou em silêncio com o pai. Contou-lhe que sua neta era a rainha das marés, que era nele que pensava quando escolheu seu nome. Se estivesse ali, Sílvio choraria emocionado. Nunca precisou conter lágrimas. Zilda confidenciou que agora fazia *stand up paddling*, que havia se encontrado na paz da remada calma e calculada. Imaginou o que o pai responderia:

— Mas, minha filha, não vai enfiar na cabeça dela que *stand up* é surfe, hein?!

Zilda respondia ao próprio pensamento:

— Pois, pai, ela vai amar a calma do *stand up*, tenho certeza!

Seria uma conversa gostosa, cheia de referências que só eles entenderiam. Zilda sentiu sua presença tão forte que chegava a lhe doer o peito.

Quando eu ensinar a Lua a nadar, é a sua voz que ela vai escutar.

~~~

Suzana não deixou de notar, preocupada, que a amiga não tinha comido nada desde que havia chegado em casa e estava claramente procrastinando o sanduíche, comendo aqui e ali um fiapo de cenoura. Zilda não queria fazer desfeita, mas estava cansada e enjoada.

— Desculpa, Su, não estou conseguindo. Vou colocar o sanduíche na geladeira pra comer amanhã. Hoje está difícil.

— Que desculpa o quê, sua boba. Não tem que se desculpar pra mim. Sou eu, lembra?

Zilda sorriu com ternura, mesmo se o sorriso tivesse sido um esforço. Movimentou a cabeça para todos os lados, para alongar o pescoço. Girou os ombros, tentou se esticar como podia sem que os pontos doessem. Suzana notou a tensão. Lua mamava bem, mas a maratona de mamadas que apenas começava já contraía a musculatura e pinçava os nervos de Zilda. Então ela se ofereceu para massageá-la, e Zilda aceitou.

Sentada ereta naquele sofá em que por tantas vezes se jogou relaxada, Zilda foi sucumbindo aos dedos fortes de Suzana. Aos poucos, conseguiu não pensar em nada que não fosse aquele momento. Porém, quando estava quase adormecendo, despertou assustada num solavanco, o coração pulando do peito, a adrenalina puxando-a de volta. Memórias do parto haviam invadido sua vigília. A falta de cuidado no hospital, o médico, a manobra, o acordar sem perceber que tudo já havia acontecido sem que pudesse acompanhar. O bolo voltou a crescer na garganta, e Suzana o sentiu nos ombros contraídos.

— Eu sei que alguma coisa aconteceu no hospital. Algo ruim. Quer me contar?

Zilda se esquivou.

— Pode ser outra hora? Não estou a fim. Mas relaxa que não foi nada de mais. — Estava cansada demais para elaborar. Era melhor sentir o cuidado de Suzana e a paz de ter Lua saudável no mundo. O futuro se ajeitaria. O que importava estava nas boas lembranças e naquele apartamento.

capítulo onze
muitas chaves, um cadeado

O computador, o celular, o outro celular e o relógio, todos marcavam sete e cinco. O sol já partia para o outro lado do mundo, e ainda faltava muito para Erika terminar o que havia prometido a Rangel. Seria mais um dia em que perderia a chance de dar um beijo de boa-noite nos filhos. Ela tentou acelerar. O cérebro já dava sinais de esgotamento, mas ela sabia que precisava continuar. Não entregaria seu melhor, mas entregaria a tempo. Ela precisava cada vez mais fazer essa escolha.

Àquela hora, cansada demais, Erika não tinha muito controle sobre os caminhos do pensamento. Quando deu por si, lembrou das amigas que havia conhecido na praia. Zilda e Thaís, ela sabia, se encontraram algumas vezes, mas Erika não conseguiu encaixar os encontros em sua agenda. Queria ter visitado Zilda no hospital, porém, quando colocou a cabeça no lugar, percebeu que já havia perdido horas de trabalho no dia anterior com a reunião com a diretora da escola e o incidente traumatizante com Matheus. Na metade do caminho para o hospital, teve que mudar o itinerário. É o que se espera de alguém em um novo cargo. Ainda mais ela, acostumada a ter que se provar.

Zilda ganhando neném, Thaís podendo visitar... Novamente foi invadida por um ciúme inexplicável, infantil até. O ciúme dos que se sentem injustiçados. Ela invejou os meses que Zilda teria com sua Lua. Pouco lembrava dos primeiros meses com Matheus e Thomás, mas agora, sob sua perspectiva atual, pareciam maravilhosos, bem menos exaustivos do que sua rotina hoje. Invejou a disponibilidade de Thaís e sua estabilidade financeira que lhe permitiria, se quisesse, nunca mais trabalhar. Um marido que trabalhasse e a deixasse ser mãe, nem que por apenas algumas horas a mais no dia, nem que significasse um passo para trás, agora lhe parecia maravilhoso.

A promoção, na verdade, parecia alimentar mais o ego do que o estômago. Era bom dizer qual era seu cargo quando alguém perguntava. Era bom ter sua própria sala. Era bom ser vista como alguém que continua vencendo, apesar dos filhos. Mas ela não levou em conta o preço dessa escalada profissional. Cada vez mais ficava claro que Rangel não tinha limites, havia presumido que Erika faria tudo, inclusive o trabalho dele, quando a promoveu.

Ela se obrigou a pôr os pés no chão.

— Para de ruminar — falou para si mesma. — É perda de tempo, um luxo que você não pode se dar. — Ela tinha isso de não se acolher, de invalidar seus sentimentos. Só piorava a situação; além de invejosa e mãe ausente, ela agora também era "cheia de mimimi". Continuou digitando. O som que vinha das teclas parecia cada vez mais alto. Olhou novamente para um dos celulares e resolveu que pelo menos uma luta ela teria que aceitar perder.

> **ERIKA** Já jantaram? Vou ficar mais um pouco aqui para terminar. Num cenário otimista fico até às oito. Não vai ter jeito. Melhor colocar os meninos para dormir.

Edu respondeu com uma foto dos três já de pijama e um áudio barulhento no fundo, em que Matheus falava que aquela seria "a noite dos marujos". Noites que estavam cada vez mais frequentes. Logo perderiam a graça. Erika ficava feliz por ter um parceiro como o Edu, que segurava o rojão e era um pai incrível. Ao mesmo tempo, era inundada por uma tristeza quase física por estar perdendo tanto e por ser a ausência que entristece os filhos.

Ela esfregou os olhos, se espreguiçou, respondeu com mil corações e o gif preferido de Matheus. Ficou imaginando sua carinha vendo o Bob Esponja e morrendo de rir, toda vez.

Antes de chegar a foto tremida de Edu e os meninos se divertindo, vieram, intrometidas e barulhentas, as mensagens de Rangel no outro celular.

> **RANGEL** Erika, está por aí? Não esquece de me mandar o arquivo ainda hoje?

> **RANGEL** Preciso disso na mesa amanhã cedo. Valeu, guerreira!

Erika mostrou a língua para o celular. Não tinha mais ninguém lá mesmo, podia inclusive xingar todo mundo aos gritos.

Resolveu que a mensagem de Rangel não merecia ser respondida e decidiu voltar para casa. Em voz alta, fechando o laptop, deu ordens a si mesma:

— Deu por hoje. Você não é a Mulher-Maravilha. Saiba parar. Seja essa pessoa que você quer ser. Pelo menos por hoje.

Ela queria fazer uma surpresa, pegar os marujinhos acordados ainda, mas sabia que não conseguiria. A volta para casa muitas vezes era em meio a lágrimas de exaustão e fracasso. Sentia-se uma mãe de merda. Devia estar orgulhosa de si mesma, alguém como ela, mulher sem padrinhos, atingindo um cargo dessa magnitude. Mas a culpa é o cadeado que toda mãe carrega e do qual toda mãe é lembrada quando pega uma chave para abrir qualquer nova porta.

O estrogonofe do dia anterior já estava no micro-ondas, como de costume. Era só esquentar e depois adicionar a batata-palha — que estava num saco fechado porque sabe lá que horas ela ia jantar e ninguém gosta de batata-palha murcha. Erika comeu sozinha na cozinha, Edu estava com os meninos que quase adormeciam e não era para ela atrapalhar. Erika checava uma planilha em um celular e, no outro, redigia uma mensagem tentando se redimir com Zilda e Thaís. Havia perdido tantos amigos pelo caminho, não queria deixar passar a oportunidade. Ela sentiu que tinha se conectado com ambas, mesmo vivendo realidades tão distintas.

> **ERIKA** Meninas, não tive tempo nem para me desculpar do furo de hoje. Não sabem o quanto tentei, mas realmente ficou impossível para mim com meu novo cargo.

> **THAÍS** Imagina, querida. Vai haver outras oportunidades, tenho certeza.

> **ZILDA** A Lua não vai a lugar nenhum, assim que puder vem conhecê-la!

> **ERIKA** Gente, não está fácil. Nem pegar meus filhos acordados eu consigo. A pressão é bem maior do que eu esperava.

> **THAÍS** Se cuida, Erika. Não deixe que o trabalho seja o centro da sua vida e ocupe cada vez mais um tempo precioso que não volta.

> **ERIKA** Eu sei 😕. Meus filhos sabem. O Edu. Todo mundo sabe, mas agora não tenho como fazer diferente, né?

> **ZILDA** Entendo tanto a sua angústia... Poder prover também é amor. De abraços e beijos não se enche estômago, né?

Edu apareceu para dar um beijo em Erika e disse apressado que ficaria um pouco no quarto dos meninos; Matheus estava com sono muito agitado e daquele jeito iria acordar Thomás. Erika se ofereceu para ir, mas Edu gentilmente a deteve.

— Melhor não, amor. Se estiver com sono leve e te vir, ele vai acordar de verdade e aí pra dormir de novo vai ser um inferno. Deixa que eu deito lá.

Edu tinha razão. Seria egoísta de sua parte. Erika ficou triste e um pouco revoltada. Parecia que tinha cada vez menos espaço para ela na família. E a culpa era toda dela. Acompanhou os passos do marido até o quarto dos filhos, depois voltou feroz para seu relatório. *Você não me derruba, Rangel. Vou te entregar essa joça nem que eu vire a noite.*

As horas corriam, Erika não perdia o foco. Sempre teve essa qualidade. Concentração nunca foi problema. De vez em quando ela parava para coçar os olhos, esfregar o nariz, massagear as têmporas. Em seguida, voltava com afinco para o trabalho. Para sua surpresa, Edu apareceu novamente na sala, com cara de sono. Erika logo entendeu que três horas haviam se passado em quinze minutos.

~~~

— Amor, é uma da manhã.
— Quê?! Não é possível. — Erika ficou desesperada. A privação de sono nos últimos tempos era pior do que quando os meninos eram recém-nascidos. — Só preciso revisar agora. Me faz companhia aqui.
Edu bocejou. Estava, também, muito cansado. Cuidar de dois moleques novinhos era exaustivo. Ele sentou ao seu lado. Enquanto lia e corrigia pequenos erros, Erika puxou papo:
— Me conta, eles dormiram logo?
— Tive que contar três histórias pro Matheus dormir porque ele queria esperar você voltar — Edu disse com cuidado, mas os olhos de Erika logo marejaram.
— Que ódio, que ÓDIO! Essas coisas acabam comigo. Me sinto a pior mãe do mundo. Você acha que eles já entendem que eu preciso trabalhar?
Edu não respondeu, olhando-a com a ternura dos ingênuos. Erika sabia que a resposta seria negativa. Claro que não. Thomás ainda na fralda, Matheus mal entende por que precisa ir à escola e ela queria que eles compreendessem que a mãe não poderia ficar com eles porque tem um lugar mais importante para estar?
Cansado demais para acolher, Edu deu mais um bocejo e lembrou Erika da festinha na escola de Matheus.
— Puta merda, é amanhã! Eu vou, claro que eu vou. Perco meu emprego, minha sanidade, mas não perco a festa da família! — Uma pausa para o suspiro, e ela desatou a chorar.

Falou do abuso do chefe com o volume de trabalho, falou da ansiedade que estava sentindo, da inveja porque todas as vidas pareciam melhores do que a sua. — E o pior é que não posso reclamar. Preciso *reconhecer as oportunidades*. Preciso *mostrar performance* — disse, fazendo careta.

Edu segurou o riso. Adorava quando a mulher se infantilizava assim, toda teatral — embora fosse verdade que a repetição estava cansando. Abraçou-a, beijou-a longamente. Por incrível que pareça, Erika também estava a fim. Sexo a ajudava a canalizar a raiva. Também seria o esporte do dia e o combustível para cair rápido no sono e acordar menos acabada. Mas ainda não tinha terminado o maldito relatório.

Percebendo o cansaço do marido, falou para ele ir na frente.

— Eu já vou, só mais cinco minutinhos.

Pelas contas de Edu, seria mais uma hora.

— Boa noite, amor.

~~~

Era difícil estacionar o carro em dias como aquele. A quadra poliesportiva mal comportaria aquele tanto de famílias dos alunos. Edu tinha a sorte de poucos de morar relativamente perto e poder ir a pé.

Estava quente. Matheus brincava com os amigos enquanto Edu se curvava para ajudar Thomás com seus primeiros passos. O pai notou que, mesmo brincando, seu filho estava de olho no portão de entrada. O número de pessoas passando por ali foi diminuindo, estava chegando a hora de começarem as apresentações. Matheus cantaria "Quero ver você não chorar" no palco improvisado. Junto com todos os colegas, agitaria pompons com fitas coloridas e, no final, as jogaria para o alto. Ele gostava de cantar, mas essa hora, de jogar para o alto, era a sua preferida. Juntava toda a força que cabia nos braços e, com energia, lançava seus pompons. Eram sempre os que voavam mais alto.

A angústia do menino crescia. *A mamãe prometeu. Ela sempre cumpre as promessas*, pensou, o bolo começando a se formar na garganta, mas ainda tentando se convencer de que Erika não o decepcionaria. No entanto, maduro demais para os seus oito anos recém-completos, ele já aprendeu a conter a empolgação. Eram muito poucas as pessoas que ainda entravam, e Pedro, o bedel, já estava a postos para fechar os portões. Edu não teve tempo de conter o filho: Matheus saiu correndo para o portão rumo à rua. Uma onda de desespero invadiu o pai. E se o horror descrito por Erika estivesse em vias de se repetir?

Pedro, porém, foi mais rápido e fechou o portão. O som das portas pesadas batendo parecia de trovões; machucou os ouvidos de Matheus. Eram portas que o separavam de sua mãe. Matheus gritava, tentava bater no bedel:

— Deixa a minha mãe entrar! Ela está chegando! Você não vai conseguir ver, ela deve já estar aí fora! Você ouviu um barulho? Deve ser ela! Está surdo?

Edu chegou a tempo de impedir que a agressividade do filho virasse caso para suspensão. Paciente, Pedro explicou que ficaria ali de olho em quem chegasse, especialmente sua mãe. Como se, durante toda aquela festa, mesmo durante sua apresentação, Matheus não fosse vigiar ele mesmo o abre e fecha das portas, esperando, esperando.

O menino não se deu por vencido. Esperneava nos braços fortes do pai.

— Calma, filho, eu vou filmar tudo, tá bom? E a gente mostra para ela.

Matheus relaxou os músculos. Agora era certo que a mãe não viria. Provavelmente já havia avisado o pai, senão ele diria que a mãe ainda podia chegar. Edu soltou o filho, que se dirigiu de volta para a quadra. Mas não pôde respirar aliviado. Matheus não tinha mais raiva, era todo tristeza. Naquele momento aprendeu mais uma coisa: a mãe era, sim, capaz de quebrar promessas.

As apresentações começaram, a de Matheus era a terceira. Ao longe, Edu avistou o filho e fez uma prece em voz baixa. Não seria impossível que o menino aprontasse alguma no palco. No entanto, tudo se passou relativamente bem, se passar bem significa não haver escândalo. *Quero ver você não chorar...* Porque Matheus estava tudo, menos bem. *Não olhar pra trás, nem se arrepender do que faz...* Ele cantou sério, sem emoção. A voz era um fio. Um caco de vidro. *Quero ver o amor vencer, mas se a dor nascer, você resistir e sorrir...* Não, ele não iria sorrir. O amor não vence, a dor nasce e cresce. Enquanto os pompons voavam pelos ares e as crianças gritavam o último *pra você*, Matheus jogou os seus no chão. Foi o primeiro a sair do palco, desrespeitando a ordem combinada, mas quem iria reparar nisso? Tão pequeno e já se curvava para aguentar o peso da derrota.

~~~

Alheia ao que se passava na escola porque Edu não estava respondendo suas mensagens, Erika ainda não havia desistido. Chegaria atrasada, mas chegaria. Jamais havia perdido o dia da família. Era a data mais importante para Matheus, que adorava ouvir os corais e os alunos mais velhos e talentosos tocando algum instrumento. Com seu vozeirão, o filho havia sido designado para cantar à frente do grupo, com mais dois alunos. Não, Erika não perderia o dia da família. Ela reclamava daquele mundo de gente, alguns vinham em bando com avó, primo, tio... Metade tinha que ficar de pé, mas mesmo assim ela sempre se divertia, principalmente porque via o quanto o filho ficava orgulhoso, tanto de sua performance nas apresentações quanto da família que ele fazia questão de apresentar e reapresentar para os amigos.

O telefone tocou quando Rangel estava em sua sala. Se não estivesse, teria ignorado o telefonema e saído correndo para a festa da escola. Rangel pareceu ler seus pensamentos:

— Erikinha, atende. Pode ser importante, né? Não sou eu quem pressiona, são os clientes. — E deu a piscadinha mais odiosa do mundo.

Pode ser importante o caralho. Importante é a minha família, meus filhos, a festa da escola, pensou. Rangel parecia ter lido seu pensamento:

— Vamos lá, mulher, até as oito você consegue terminar.

Ela sentiu um frio na espinha, o estômago revirando, uma mistura de derrota e nojo. Desde a promoção, Erika havia pegado um ranço pelo chefe. Entendeu que suas brincadeiras, suas tentativas de ser o diretor bacanudo, não passavam de uma forma de adestrá-la e transmitir a mensagem de que o trabalho deveria ocupar o primeiro lugar nas infindáveis demandas de sua vida.

O que doía era estar presa naquele escritório, fazendo algo desinteressante, sabendo que, naquele mesmo momento, estava falhando com Matheus. Estava falhando como mãe.

— Rangel, não posso ficar até mais tarde hoje. Tem festa na escola do Matheus...

— Erika, cada semana é uma desculpa diferente. Parece que desde que te promovi você resolveu trabalhar menos, já percebeu? — Rangel perdeu o tom levemente amigável e deixou crescer o de chefe execrável que Erika via pela primeira vez. — Infelizmente dessa vez não há negociação. Ou você fica para finalizar o projeto até as oito, ou terei que passá-lo para outra pessoa. E você sabe a marca que isso deixa internamente. Festa na escola tem o tempo todo. Oportunidades profissionais como a que estou te dando, não. Não me faça me arrepender da promoção.

capítulo doze
do que não foi consertado

Estela se empenhava em deixar a casa mais arrumada. Batia almofadas quando Thaís entrou na sala com a babá eletrônica. Era irritante, mas sabia que a mãe precisava desse papel. Rosa dava muito bem conta da organização da casa, mas a arrumação do que já estava arrumado era a forma, um tanto idiossincrática, de Estela demonstrar cuidado.

Ela sentou no sofá, exausta.

— Ele dormiu, finalmente. Agora é só no colo. Um inferno. — Thaís ajustou o sutiã, que vivia fora do lugar. — Mãe, quando é que melhora?

Estela limpava um nada do assento do sofá. Sem abandonar a tarefa, olhou para a filha com uma expressão de desentendimento que, para Thaís, pareceu teatral.

— Quando melhora o quê?

Uma nesga de irritação aflorou. É claro que ela havia entendido. Por que fazia isso?

— Tudo, mãe. O cansaço, o medo, a culpa... Quando vou voltar ao normal? — Thaís aguardou alguma manifestação de empatia que não veio, apenas um franzir de sobrancelhas, como se de repente a filha falasse uma nova língua. — Não sei por que pergunto essas coisas para você. Parece que o pai conseguiria me acolher melhor. Se ele estivesse aqui, seria tudo tão diferente... — disse Thaís.

Estela riu da ironia e da ingenuidade da filha que já era mãe, mas tão infantil ainda. Thaís tentava a todo custo trazer o pai para a conversa, como se pudesse tirar Estela da geladeira.

— Você não sabe do que está falando, menina. Nem faz ideia. Pensa que seu pai era o máximo porque não está mais aqui. Pura fantasia. Fica fácil me fazer de carrasco — disse. — E tem mais: você tem que enxergar as coisas com mais lucidez. Você sempre exagerou e agora não está sendo diferente. Você vê tanta mãe feliz por aí... Não reclama de barriga cheia, chega a ser pecad...

A filha a interrompeu, o que era nesga virou balde de raiva. Nos últimos tempos, Thaís passava da leve irritação para a irritação homicida em segundos.

— Nem completa essa frase! O Victor veio com essa mesma ladainha hoje. Vocês estão de complô? É insuportável, uma verdadeira tortura!

Os olhos de Thaís se encheram de lágrimas, e ela tentou engolir o choro. Mesmo reclamando de uma vida que era difícil todos os dias, o dia inteiro, não queria mostrar sua fragilidade. A mãe sempre se enfastiava quando Thaís chorava, parecia ficar de saco cheio, um incômodo que começou há muitos anos. Estela reparou no choro iminente, mas ignorou, fingiu estar ocupada demais ajeitando simetricamente os enfeites sobre o buffet.

— É só um desabafo, mãe, não é ingratidão. Você e o Victor estão de parabéns. Levaram o troféu do ano na categoria empatia.

Estela finalmente sentou, arrumou o cabelo, cruzou as canelas e sorriu para a filha. Como era bonita sua mãe. E como era gelada.

— Fazer um dramalhão não vai ajudar, Thaís. Toda mulher que se preze passa por isso. Bem-vinda à vida adulta.

A irritação se misturava à tristeza e à decepção. Estela era só chão quando Thaís mais precisava de colo. Quase trinta anos antes, ela também precisou de colo e não encontrou. Disso não lembrava; o que reteve na memória foi o que falava aos quatro ventos:

— Thaís chorava muito, mas era música para mim. A gente tinha a nossa própria orquestra. Ela cantava e eu tocava o instrumento, que era o amor.

Thaís tinha certeza de que aquilo era extrato de algum livro, mas a mãe, numa pré-história nem tão distante, havia sido parceira no passado, carinhosa e presente. Onde foi que as coisas começaram a dar errado? Quando Bento nasceu? Quando o pai morreu? Sentia que era antes disso, mas por quê? Ninguém fica amargo assim, do nada.

Thaís pensou na sua própria experiência, na falta que estava sentindo de sair, trabalhar, ser alguém além de mãe. Talvez um pouco disso tenha sido também a experiência de Estela. Talvez ela tenha reclamado calada e achasse que isso era o certo. Talvez, até, ela tenha reclamado, mas falaram que era pecado. Ainda assim, não tinha como ser esse o motivo de uma mudança tão drástica.

Thaís esperou que o silêncio varresse a hipocrisia da mãe. Talvez fosse mais empática se falasse sobre o que tem realmente incomodado nos últimos tempos.

— Mãe, como foi com o pai quando eu nasci? — Estela, mais uma vez, fingiu não entender, mas Thaís ignorou. — Eu peço ajuda pro Victor, mas ele está sempre mais cansado do que eu. Me parece tão desigual... Eu estou exausta e só...

Dessa vez quem interrompeu foi Estela:

— Minha filha, pare de encher a cabeça do Victor com sua ladainha. O homem trabalha o dia todo. Não dá para poupá-lo? Ele põe o pão na mesa, precisa descansar para trabalhar bem no dia seguinte. — Por um momento pareceu dispersa em seus pensamentos. Depois continuou: — Ninguém vai te falar, mas sou sua mãe e me sinto na obrigação. Homem não gosta de mulher chata, reclamona. Toma cuidado, você fica tão obcecada com o Bento que não presta atenção no marido. Eu falo pelo seu bem. É difícil para o Victor olhar para a mulher todos os dias toda desgrenhada, reclamando, chorando, obcecada pelo bebê. — Com um sorriso suave e saudoso, Estela completou o sermão: — Às vezes os maridos também têm seus momentos infantis e precisam de atenção e dedicação. Faz parte, é assim mesmo.

Thaís pensou em levantar e ir para a cozinha, falar sobre outra coisa com Rosa. Mas não podia simplesmente ignorar as pérolas da mãe.

— Você é impressionante! Nunca enxerga o meu lado. Toda vez que me abro com você me sinto pior, pequena, chorando em um cantinho. Será que você não consegue me oferecer uma palavra de carinho, abraço, sei lá, segurar minha mão?

Estela se levantou abruptamente.

— Baixe a voz, mocinha. Sou sua mãe. Assim você vai acordar seu filho e o dramalhão vai ficar ainda mais mexicano. — As duas se olharam, estupefatas. Onde foi que tudo degringolou? A relação delas era boa. Quem mudou? Ambas, talvez.

Estela rompeu o silêncio:

— Casamento com filhos não é como no cinema. Criança dá trabalho, custa caro e requer atenção da mãe o tempo todo. O marido também precisa ser notado. Não quero que você passe pelo que passei. — Estela não chorava, mas os lábios tremiam pelo rompante de ira. Não estava acostumada a perder o prumo assim. — Então deixe de chorumelas, agradeça a Deus a bênção que te foi concedida e curta seu novo papel.

Thaís não conseguiu segurar as lágrimas.

— Não sou ingrata, não quero devolver meu filho. Só tenho saudade de quem eu era, saudade de uma vida sem pernas pro ar. Na verdade o que eu queria quando vim aqui pra sala me parece agora ainda mais inalcançável: carinho de mãe, colo de quem um dia me deu colo. Não é possível que você não saiba do que estou falando.

Estela revirou os olhos, cansada daquela conversa que não levaria a lugar algum. Com o tom superior de quem decide terminar o papo, levantou-se e disse:

— Tudo bem, Thaís. Apenas pense. Bento não é a razão da sua vida? Pois essas emoções todas podem fazer dele um menino muito inseguro.

capítulo treze
quando o peão virou rainha

Mais de um mês depois e mais de cem mensagens trocadas, estava na hora de se encontrarem novamente. Era um daqueles dias inspiradores, e finalmente conseguiram marcar o primeiro encontro do Trio após o episódio na praia. Erika prometeu que passaria na praia em frente ao prédio de Thaís. Esta desceria com uma cesta de piquenique e poderiam almoçar um sanduíche, tomar um café, iniciar essa tradição de se encontrarem sempre por ali, onde tudo começou.

— Não mais do que meia hora, ou o Rangel começa a ronda — disse Erika.

— Não mais do que meia hora, ou a Suzana vai surtar se souber que saí com a Lua tão pequenininha.

Quando Erika e Zilda chegaram, Thaís já estava no térreo com tudo pronto. As três eram só sorrisos, se olhando, estudando as presenças. Era estranho e delicioso, constrangedor e, paradoxalmente, um desconforto agradável.

Rosa havia pensado em tudo, desde os sanduíches embrulhados com guardanapos até o café na garrafa térmica, as xícaras, pratinhos e talheres para o bolo, frutas numa cumbuca de bambu, tudo embrulhado numa cesta que comportava também uma esteira de praia.

Erika e Zilda trocaram alguns olhares, o que deixou Thaís levemente incomodada. Havia algo entre as duas, e ela não participava. Talvez trocassem mensagens no privado?

Foi Zilda quem falou primeiro:

— Desculpa te atrapalhar, Thaís.

— Atrapalhar o quê? Estou tão feliz de ver vocês! Fico aqui nesse apartamento o dia todo.

Zilda se calou, pareceu ter perdido o fio da meada. Erika veio ao seu resgate:

— Ela está constrangida, mas, além de papearmos e nos revermos, a Zilda também tem um favor para te pedir.

Reparando no constrangimento de Zilda, Thaís pegou nas suas mãos e falou que ela podia dizer o que fosse, que adoraria ajudar se pudesse. Erika fez que sim, encorajando-a, e Zilda respirou fundo e falou:

— Sabe o que é? Eu tenho medo de parecer interesseira. Mas, enfim, vou tentar falar de uma vez pra ficar mais fácil. — Mais uma respirada nervosa, trêmula. — Eu continuo sem emprego. Já mandei currículo para todos os lugares que podia. Ninguém quer contratar a mãe de uma bebê. A Suzana tem me ajudado, mas eu não acho justo depender dela. Até pedi para a Erika ver se tinha vaga de secretária, faxineira, o que fosse na empresa dela, mas não tinha nada. Não me iludo mais em conseguir um emprego como cuidadora de idosos. Esse bonde já partiu para mim. Essa é minha última tentativa. — Os olhos de Zilda se encheram d'água.

— A ideia de vir aqui foi minha — disse Erika. — Como médica, você deve conhecer muitos idosos. Talvez tenha por aqui mesmo pessoas que procuram cuidadores para os idosos em suas famílias.

Thaís arregalou os olhos.

— Gente, esquece prédio, paciente e todo o resto. Minha mãe mora aqui no meu prédio com o meu avô, e adivinhem só, ele está precisando de um cuidador.

Zilda não disfarçou o entusiasmo; ao mesmo tempo tentava se acalmar. Foram muitas as decepções. Aquela era apenas mais uma vaga, nada concreto. Bom demais para ser verdade. Provavelmente não daria certo, como nada mais deu. No sling, Lua sentia o coração da mãe bater mais forte e despertava de uma longa soneca.

— Se estiverem com um pouco mais de tempo, passamos lá agora. Vocês podem?

Sim, podiam, e o café se estendeu um bocado além do que Rangel veria como aceitável. Que se dane, Erika faria seu trabalho de qualquer jeito. Não queria deixar escapar aquelas duas pessoas que já ocupavam um espaço tão grande do seu afeto — e do tempo de tela.

~~~

Se o apartamento de Thaís era de revista, o de Estela era de núcleo rico de novela das nove. Ao entrar pela porta social, o convidado se depara com um pequeno *lounge* com poltronas giratórias e jardim vertical ao fundo. Uma vasta biblioteca contorna uma das paredes e serve de divisória para orientar os convidados à sala de estar. Ali, entre pilastras de mármore, há esculturas suntuosas. Arranjos de planta, outras obras de arte e livros de grandes pintores e fotógrafos adornam a estante de ébano. O tapete de fibra natural e outros artigos rústicos contrastam com a iluminação impecável e moderna. Não foi um, mas toda uma equipe de arquitetos que fez o interior.

Para chegar à ala íntima, o convidado se depara com um original de Beatriz Milhazes. Contudo, dali para cima, poucas pessoas tiveram a oportunidade de visitar. A própria Thaís mal se lembrava dos aposentos. A esperança era relembrar quando Bento fosse grande o suficiente para usufruir da jacuzzi, no terceiro andar. A verdade é que, além daquele andar, os outros não tinham luxo algum. Eram funcionais, apesar de vastos. Como em tudo na vida de Estela, haveria bastante espaço para reformas.

Foi Edna, com vestido de linho preto e chapéu e avental brancos, quem atendeu a porta. Ela trazia no rosto um sorriso genuíno por ver Bento depois de tanto tempo. Ele crescia tão rápido! Era raro tê-lo por perto; Estela preferia ela mesma visitar a filha. Assim que entraram, a funcionária interfonou ao andar de cima anunciando à anfitriã que sua filha e duas amigas a aguardavam.

Das poltronas, ouviam-se passos lentos descendo os degraus. Era Francisco surgindo na sala, o mesmo senhorzinho que bateu um papo com Zilda na praça, o mesmo sorriso de quem acabou de entreter e espera ser, em troca, entretido. Coincidência, destino, ato divino, ninguém conseguia explicar realmente o que foi aquilo. Fosse como fosse, era incrível atestar em primeira pessoa que as voltas que o mundo dá podem ser perfeitas circunferências.

— Meu Deus, não acredito! O senhor se lembra...

Francisco a interrompeu:

— A menina do xadrez teve um rei! Ou seria rainha? — Ele olhou para Lua aboletada em Zilda. Seu olhar era de surpresa e ternura.

— Essa é a Lua, senhor...

— Francisco! Não se lembra, não? Ou nunca falamos? Também não lembro o seu nome, menina.

— Zilda. E obrigada pelo "menina".

Todos riram dessa troca tão antiga de elogios como se a ouvissem pela primeira vez. Erika e Thaís não estavam entendendo nada. Eles se conheciam de onde? O que era aquela história de rei e rainha? Foi Zilda que, mesmo com sua timidez, contou a Thaís e Erika como se conheceram. Thaís ficou animada, aquele encontro estava indo muito bem. Bem demais. O sorriso de Zilda, no entanto, minguou quando lembrou quem era a filha de Francisco e, agora compreendia, mãe de Thaís. Era ela quem bateria o martelo sobre sua contratação. Foi bom ter mantido as expectativas baixas sobre a possibilidade de um emprego.

Quando Estela chegou, de vestido esvoaçante e sacola de praia com tapetinho de ioga pendurada no ombro, o tempo virou. Ela também se lembrava de Zilda. Era ela a menininha que tentou seduzir seu pai na maior cara de pau, no final da gravidez.

— Olha só, nos encontramos novamente. — Havia um tom de ironia que desagradou a todos. Como se a tal coincidência ali houvesse sido muito bem planejada.

Thaís explicou que Erika e Zilda eram as mulheres que conheceu na praia, no dia em que salvou Matheus. Sua animação deu espaço a um incômodo. A mãe parecia não compartilhar da estupefação da filha. Percebendo sua intenção de interrogá-la, se adiantou:

— Vamos lá, filha, que eu preciso fazer meu Pilates. — Nem ela própria comprou aquela desculpa.

Thaís ficou envergonhada com o comportamento da mãe. Uma coisa era ser a mãe opressiva, e outra a que ofende suas amigas. Erika olhou para a decoração nas paredes, Zilda olhou para o chão. Pela primeira vez, Estela enxergou as amigas da filha e, após um breve cumprimento, voltou para Thaís.

— Eu entendo a intenção, mas seu avô precisa de um cuidador homem.

A filha inspirou, expirou, procurou o centro. Tentava, dentro do possível, esconder a impaciência. Francisco protestou:

— Estela, isso é sexismo, etarismo, antimaternismo, antibebezismo, sei lá o quê, mas é preconceito. — Olhou ao redor, admirado com a atenção que suas palavras estavam recebendo. — Ora, o que fazem as cuidadoras com bebê pequeno? Passam fome? Deixam seus *bebês* com fome?

Estela revirou os olhos:

— Ai, pai, me poupe desse discurso. Se eu contratar alguém para o senhor, é justamente para te ajudar, não para ser ajudada. Aquela mulher não podia ser mãe da Thaís, nem filha de Francisco. O que aconteceu no caminho? Todos se constrangeram. Foi Thaís quem quebrou o silêncio com sua enxurrada. Ela tentava explicar à mãe as qualificações da amiga lembrando das conversas que tiveram no WhatsApp, o que deixava Zilda ainda mais encabulada, como se fosse incapaz de vender seu peixe. De certa forma, era um alívio não ter que confrontar aquela mulher assustadora, e Thaís a representava muito bem, apesar do pouco convívio. Via-se que tinha jeito com as palavras, tinha jeito com as pessoas.

Estela respondia, ríspida. Depois do breve cumprimento, não olhou mais para as visitas, nem mesmo para seu pai, motivo daquele encontro. Ela balançava a sacola, dando a entender que queria encerrar a conversa, não havia mais o que discutir. O pai era dela, quem pagaria pelos cuidados dele seria ela. No entanto, a conversa estava longe de terminar.

Thaís contra-argumentava quando Edna apareceu com uma bandeja de café e copos d'água. Francisco estava com sede, foi o primeiro a se servir. Contudo, a mesa de centro era baixa demais e, mesmo de bengala na mão, se desequilibrou. Numa fração de segundo, Zilda conseguiu segurá-lo com uma mão e, com a outra, evitou que o copo se estilhaçasse no chão. Foi uma demonstração improvisada do que aquela menina era capaz, mesmo com a filha pendurada no sling. Estela a examinou mais uma vez, os olhos se fixando no pacotinho que dormia desde que chegaram. A garota evitou um acidente sério.

— Vou pensar, vemos isso depois. Não quero resolver as coisas assim, de bate-pronto. Fiquem à vontade, tenho que sair.

O acidente evitado podia ser um exemplo da competência de Zilda, mas, no final das contas, veio como pretexto para Estela sumir dali. Thaís, porém, conhecia a mãe. Ela podia ser dura, mas, se dizia que iria pensar, ela iria pensar. E se a conhecesse como achava que conhecia, a mãe toparia fazer pelo menos um mês de experiência. Resta saber se, com aquela experiência aversiva, Zilda toparia uma patroa daquelas, mesmo cuidando de um senhor tão gentil.

As meninas se despediram de Francisco. Zilda segurou suas mãos com afeto e olhou-o nos olhos. Ela dizia, naquele gesto, que a situação não a constrangia e que estaria disposta a cuidar dele mesmo sob a supervisão e o rigor de sua filha. Erika já estava na porta, ansiosa para sair dali antes de Estela voltar. Thaís estava confiante. Algo começava ali.

capítulo quatorze
flores não crescem na *água*

— Finalmente, meu bom Pai, finalmente.

Thaís entrou na sala ignorando o sol que tentava lhe acariciar, segurando a babá eletrônica como se fosse uma fralda suja. *Se esse moleque acordar de novo antes das quatro, eu nem sei o que faço. Minha coluna está arrebentada*, pensou.

Jogou-se no sofá e só então reparou em Rosa, imóvel como uma escultura, um sorriso largo no rosto, segurando um buquê imenso, todo colorido, com flores do campo.

— Olha o que chegou para a senhora.

Thaís deixou o queixo cair.

— Faz anos que não ganho flores. — Só poderia ser de Victor, só ele conhecia seu gosto e teria comprado o buquê perfeito. — Há luz no fim do túnel, Rosa!

O cartão dizia: "Saudades do meu amor". Comunicação nunca foi seu forte.

— Eu nunca vi um buquê lindo desses. E olha que eu reparo nas floriculturas — disse a funcionária.

Um buquê soube, ao mesmo tempo, esquentar e gelar seu coração. O amor estava ali. Mas talvez houvesse algo além de amor. Um casamento cheio de improvisos carinhosos é ótimo quando o casal espera surpresas. Quando vêm de repente, de alguém que nunca faz esse tipo de gesto, gera um desconforto. Porque aí não é só um buquê à toa para dizer eu te amo. Thaís, porém, não queria focar o negativo. Reclamava tanto da mãe e estava indo pelo mesmo caminho.

— Dona Thaís, vou preparar uma lasanha pro jantar. E um pudim de leite. Você só precisa ligar o forno meia hora antes dele chegar. Hoje esse homem merece um mimo — disse

Rosa, jogando a cabeça para trás numa risada grave e gostosa, só dela.

A tarde passou rápido. Thaís fez as unhas, tomou um banho relativamente longo, até escova improvisada conseguiu fazer. Rosa deixou tudo no jeito na cozinha, Thaís deixou sobre a cama uma camisola de cetim, a preferida de Victor. Bento já havia acordado e dormido de novo, agora seria esperar.

Ela mandou mensagem para o marido, perguntando se ia demorar. O marido visualizou e não respondeu. Mais uns dez minutos e chegou a resposta.

> **VICTOR** Amor, estou ferrado aqui, não sei que horas chego.

Thaís foi pegar um iogurte para forrar o estômago. Já eram oito horas, estava faminta. Mandou nova mensagem:

> **THAÍS** Estou morrendo de fome, te espero para jantar?

Novamente a visualização sem resposta. Mais meia hora se passou, e Thaís desistiu. Ligou o forno, e pouco depois veio a mensagem de Victor:

> **VICTOR** Desculpa, não espera. Vou ter que bajular cliente. Que saco. Beija nosso Bento por mim?

Dessa vez foi Thaís quem visualizou e não respondeu. Olhou para o buquê, pensou em voz alta:

— Flores de merda — e foi para o quarto.

Guardou a camisola de cetim no fundo da gaveta, ao qual ela pertencia, foi até a cesta de roupa suja e retirou a camiseta velha que usava para dormir. Com gestos curtos e rápidos, pela primeira vez achou justo vestir um pijama fedendo a leite azedo. Em seguida, pegou o celular e respondeu a Victor:

> **THAÍS** Ok, entendo. Tem lasanha no forno. E se beber não dirija.

Mesmo com toda a ira, Thaís havia pegado no sono. Nem isso a mantinha acordada mais, tamanha a exaustão. Ela acordou quando Victor chegou. A raiva tinha esmaecido um pouco, ela não guardava rancor, mesmo sabendo que às vezes deveria — rancor pode ser protetivo. E, coitado, trabalhar até essa hora entretendo cliente deveria ser proibido. Ouviu o marido na cozinha, mexendo desajeitado nos talheres e nos pratos, abrindo e fechando a porta do forno. Ele não estava acostumado com aquilo. Ela levantou para ajudá-lo antes que acordasse Bento.

— Oi, amor, como foi seu dia?

Victor fez cara de fim do mundo, olhou para o teto, abriu os braços com as palmas das mãos para cima e bradou:

— Nem acredito que estou vivo.

Thaís não esperou receber a mesma pergunta de Victor e disse:

— O meu foi bom, principalmente porque fui surpreendida pelo meu amor. — Ela fazia sua parte. Se enroscou no pescoço dele e deu-lhe um beijo demorado que há tempos não acontecia. O breve sono tinha restaurado seu humor, e ela se arrependeu da camiseta azeda.

— Me deu vontade de te ver sorrir hoje, faz tempo que não rola — disse o marido.

Thaís ignorou a cutucada.
— Hoje Bento vai ficar bem-comportadinho pra mamãe e o papai conseguirem sorrir juntos. — Victor deu uma risada de canto de boca. Podia ser riso de sacanagem ou de cansaço. Ela teria que pagar para ver.

~~~

Assim que Bento chegou em casa do hospital, Victor se mudou para o quarto de visitas, onde dormia durante a semana.
— Amor, eu trabalho muito, preciso dormir. Somos um time, precisamos nos dividir. Você terá tempo para descansar de dia, eu não.
— Claro, fica tranquilo que eu cuido dele. — Thaís usou a máscara de quem tem diante dos olhos o óbvio constatado. Ela achava que estaria tudo bem cuidar do filho sozinha, afinal bebês dormem tanto e tantas mulheres conseguem... Jamais imaginava que estivesse em desvantagem dentro da suposta equipe.

O casamento ia mal já fazia algum tempo. Desde que Thaís engravidou, sentiu o marido se afastar. Não teve noite romântica, viagem, atividade física juntos que melhorasse. Ela sugeriu terapia de casal, mas parecia que tinha sugerido um banho de álcool após um escorregador de navalhas.
— Não me presto a esse papel.

Thaís ficou ofendida. Como psiquiatra, trabalhava lado a lado com psicólogos e sabia do que uma terapia era capaz. Mas engoliu a ignorância do marido. Era louca por Victor. Tinha um medo doentio de perdê-lo. Aceitava coisas que sabia que estavam erradas, que viriam puxar-lhe o lençol à noite, mas o aceite era uma decisão pensada. Não havia a menor possibilidade de viver sem ele.

Num ímpeto desesperado, Thaís comprou passagens e reservou hotel na Itália, onde passaram a lua de mel. Tinha esperança de que lá, de alguma forma, se reconectariam. Contudo, pisaram nos mesmos restaurantes, dormiram no mesmo hotel, pararam nos mesmos belvederes e enxergaram tudo opaco, sem cor.

Quando voltaram de viagem, pareciam ainda mais desconectados. O problema do casamento ficou mais em evidência, os olhos de Victor mais dispersos. Thaís focou então a gravidez. Mexer na barriga e senti-la mexendo em troca era a alegria dos seus dias. Não escondia a alegria que habitava seu constrangimento quando a barriga mexia durante uma consulta. Apesar dos problemas conjugais, Thaís tinha certeza de que aquele bebê viria para consertar tudo.

~~~

Para sua surpresa, Victor se desvencilhou de seus braços, "só um segundo", para colocar Nina Simone no MP3 player. Eram suas músicas de sexo. Quando um colocava "I want a little sugar in my bowl", o outro já entendia. Thaís baixou um pouco o volume, ansiosa. Mas o clima de romance seguiu. Desligou o forno e foram para o sofá. Thaís estava um pouco apreensiva. Era a segunda vez que transavam desde o nascimento de Bento. A outra havia sido um desastre. Ela ficou paralisada, estragou tudo achando que Bento ia acordar e doeu muito. Também ficou encucada com seu corpo: o que Victor iria achar dos quilos que teimavam em montar acampamento? Dos seios que agora enchiam e esvaziavam? Do umbigo deslocado, de tudo o que não é mais? Ela daria um jeito de baixar a luz ao mínimo. E baixar também o ruído — o interno e o externo. E fazer cara de sexy. Um casal feliz, sorrindo.

Dessa vez, não foi o melhor sexo de suas vidas, mas pelo menos o ato se consumou. Thaís estava feliz, e Victor, satisfeito com o desempenho. Ela o fez prometer que fariam mais vezes, que precisavam de momentos como aquele. Ele concordou:

— Tudo por você, minha linda.

Depois de alguns minutos de cafuné, Thaís se levantou, vestiu sua camiseta e ligou o forno novamente.

— Agora vai — riu. — Tem pudim de leite também, viu? A Rosa parece ter gostado das flores quase tanto quanto eu.

Victor sorriu de olhos fechados.

Thaís se questionou se era apropriado falar do filho naquele momento, mas não podia se conter.

— Agora que ele está mais parrudinho e com as principais vacinas em dia, podemos sair com ele, fazer programas de fim de semana, até viajar...

Victor a interrompeu, o dedo em riste, os olhos bem abertos:

— Esqueci de te falar. Semana que vem tenho que ir a Brasília. — O balde de água fria.

— Mas você não pensou em me contar antes?

— Não. Foi mal. O bicho está pegando no trabalho, é tanta coisa que dia desses chamei o Nelson de Décio. Pelo menos ele riu. — Ao ver a mulher sem reação, os lábios caídos como os ombros, Victor se irritou: — Ah, Thaís, não começa. O clima está ótimo. Por que você estraga?

— Eu estrago? Olha a bomba que você me solta; vou ter que me organizar para ficar sozinha. Você tem noção do quanto isso me deixa ansiosa?

Victor se irritou ainda mais:

— Se conseguir enxergar além do próprio umbigo, você vai perceber que eu não tive escolha. Eu não queria ir, mas preciso fazer o que manda a diretoria para garantir os buquês, a lasanha, a Rosa... — E balançou a cabeça, desapontado com o rumo daquela conversa. Foi tão fácil degringolar um momento tão bom... Era a cara da Thaís. Levantou-se, desligou o forno e foi tomar uma ducha.

De sua parte, Thaís deu uma última e rápida olhada no buquê, no vaso transparente, nos talos nus em carne viva, embebidos em uma água que logo amanhã já estaria turva e precisaria ser trocada. Pensou: *De que adianta? As flores podem se abrir para um breve espetáculo, mas não crescem assim, decepadas.*

Se ajeitou na cama e colocou a babá eletrônica no mesmo lugar que vinha pondo nos meses anteriores, deslocando para sempre o livro que ficava em sua cabeceira. Paralisou e ligou suas antenas apuradas para ouvir um ruído qualquer. Era Bento ou sua imaginação? Qual gritava mais alto ultimamente?

Segundos depois, dormiu de frente para a parede. Ela só acordaria novamente à meia-noite, para a mamada, e às três da manhã, com a descarga que Victor teimava em acionar, apesar de ela já ter suplicado para esperar pela manhã.

capítulo quinze
uma vírgula no par perfeito

Quando chegaram em casa, Matheus se jogou no sofá, a cara enfiada entre o assento e o encosto. A volta para casa havia sido em silêncio. Edu não forçou, apenas olhou preocupado para o filho de olhar vago e duro. Matheus não derrubou uma lágrima, e isso era estranho. Em casa desabou, para alívio de Edu.

— Eu sinto muito, filho, muito mesmo. Tenho certeza que ela tentou o máximo que pôde e também deve estar muito triste por ter perdido a festa. — O menino não reagiu. Apenas seguiu fungando, as mãos forçando a almofada sobre os olhos.

O pai sentou na beira do sofá e acariciou as costas do filho. Sentiu que estava quente. Alcançou sua testa e percebeu que estava febril.

— Poxa, filho, você está se sentindo mal, mas não falou nada... Vamos medir sua temperatura? — Assim que Edu saiu da sala, entrou Erika pela porta como um polvo, carregando bolsa, laptop, sacola com presente e um sonho. Daqueles de padaria.

Quando Edu chegou na sala com termômetro e antitérmico em punho, Erika parecia ter diminuído alguns centímetros. Não só tinha perdido a festa, desapontando Matheus, como também não havia sido colo quando ele mais precisava. Uma criança doente sem a mãe ao lado.

Ela tentou chamar a atenção de Matheus, mas, como esperado, não houve reação.

— Filho, eu fiz de tudo para ir, mas meu chefe me cobrou tantas coisas, eu estou tão triste... Você me desculpa? — Como é que uma criança de oito anos entenderia aquilo? Ele sentia mais ciúme do trabalho da mãe do que de Thomás.

O menino seguiu enterrado nas almofadas, odiando ter uma mãe que trabalha tanto, que não tem tempo para nada, e, quando Erika tentou abraçá-lo, ele se esquivou com violência. O marido olhou para ela, fazendo sinal para não insistir. Isso a irritou. Agora ele ia ensinar mãe a cuidar de filho? Não bastasse se sentir mal por ter perdido a festa, agora ela se sentia pior ainda porque o marido achava que ela precisava de ajuda para saber como agir ou quando recuar.

— Eu juro que tentei, filho. Te ver assim me deixa despedaçada. Eu estava saindo do escritório para ir à festa, mas meu chefe me disse para terminar um trabalho que ia demorar. E eu não tive escolha. Acredita em mim. — O rosto de Matheus continuava inacessível. Erika se aproximou mais, segurando o choro. — Posso te dar o remédio?

Para seu alívio, Matheus fez que sim com a cabeça. Ela colocou a sacola e a bolsa no chão. Só o sonho ela levou para a cozinha.

Enquanto dava o remédio ao filho, Erika alcançou o celular. O do trabalho. Edu bufou impaciente, e Matheus voltou a sumir no sofá. Confiante, Erika digitou uma mensagem para Rangel e a leu em voz alta:

— "Boa noite, Rangel. Meu filho está com febre e por hoje fechei a lojinha. Entendo a urgência, mas terá que esperar até amanhã."

Matheus saiu de sua toca e sorriu para a mãe.

— Se você quiser, a mamãe é só sua agora. — Ela abriu os braços, e Matheus se jogou.

— Mãe, eu não sabia que você trabalhava numa loja. — Erika e Edu caíram na risada juntos; isso era cada vez mais raro. — E, mamãe, agora eu sei o que quero ser quando eu crescer. Quero ser seu chefe para mandar você brincar comigo.

Mais gargalhadas. Que idade gostosa essa de Matheus, que idade gostosa essa que, como as outras, ela mal podia acompanhar.

Por um momento, ela se permitiu relaxar. Jogaram video game mesmo sendo proibido durante a semana, quanto mais à noite. No celular, as mensagens de Rangel pipocavam, lembrando-a indiretamente de como aquele sucesso como mãe a tornava um fracasso como funcionária. Então desligou os dois celulares. Queria desaparecer para todos que não estivessem naquela casa, naquela bolha. Por uma noite, todos os prazos poderiam esperar. Por uma noite, o mundo poderia acabar. Por uma noite, só uma, ela viveu a leveza que há muito não sentia e tanto precisava sem perceber.

~~~

Quando finalmente as crianças dormiram, Erika teve que encarar Edu. Estava claro que, apesar dos bons momentos antes de darem boa-noite aos filhos, eles tinham roupa para lavar.

— Edu, eu estou para lá de exausta, mas percebo pela sua cara que temos que conversar.

— Eu acho que temos, sim, porque, se formos esperar até que você não esteja exausta, jamais falaremos do que há de mais importante na nossa vida: a família.

Erika de repente arregalou os olhos, indignada.

— O que você quer dizer com isso?

— Exatamente o que eu disse. Que há muito não sinto que a família é prioridade para você. Me sinto sozinho com os dois, tendo que fazer tudo por eles. E não é só leva e traz. Matheus tem precisado muito de nós. Nem preciso te dizer, você teve uma amostra recente disso.

Erika sabia que Edu tinha razão, mas era tão difícil ouvir aquilo quando não havia nada que ela pudesse fazer...

— Então qual a sua sugestão, devolver a promoção ao Rangel sabendo como isso seria péssimo para a progressão da minha carreira? Dizer a ele que, apesar de ter um marido desempregado, não consigo dar conta do volume de trabalho?

— Erika, não é sobre você. Não é sempre sobre você, sabia? Te falo do que está diante dos meus olhos. Nossa família está desencaixada. Você é a peça fora do lugar. Faz tempo que nós três sentimos sua falta, e, antes que você entre na defensiva, pense no episódio de hoje. Pense na desconexão. Você poderia dar um jeito. Talvez o Rangel ficasse puto, mas sobreviveria. Ficaria de nariz torcido, talvez questionasse a promoção, o que fosse. Jamais te demitiria por isso. E você teria usado esse tempo para participar de um evento importante para toda a família. Você sabia o quanto Matheus esperou por esse momento. O quanto ensaiou, o quanto te lembrou para não haver chance de você perder. Não entendo como você consegue tomar essas decisões em prol do trabalho.

— Ué, Edu, não posso me dar ao luxo de escolher. Vamos fazer o que se eu perder meu emprego: sentar numa roda de mãos dadas, afirmando uns aos outros que o amor vence todas as barreiras?

— Erika, você sabe que o Rangel não te demitiria por de vez em quando atrasar um prazo.

— Ele me tem como braço direito justamente porque sabe que não atraso prazos. — Erika respira, está prestes a deixar desmoronar o muro que criou ao seu redor desde que a família se estruturou daquela forma, com ela de principal provedora e ele de cuidador. — Você acha mesmo que me dá prazer ficar sem ver meus filhos, não participar das atividades, vê-los correndo para os seus braços quando voltamos de algum jantar? Eu morro de inveja. Tudo o que eu mais queria era poder estar no seu lugar. Eu gosto do meu trabalho, mas amo mais a minha família.

Edu ficou indignado pela falta de empatia de Erika.
— Mas você acha mesmo que ficar em casa cuidando das crianças é tudo de bom? Acha que eu faria isso por escolha? Não conversa com suas amigas para saber quão cansativo é ser a referência o tempo todo? — Edu estava mais exaltado do que de costume. — Acho um tanto egoísta da sua parte imaginar que eu só fico mesmo com a parte boa. Passou pela sua cabeça que eu gostaria de estar trabalhando fora? Que eu me sinto completamente desajustado numa sociedade em que pai nenhum fica em casa cuidando de filho? Que não tenho uma companhia pra ir ao parque ou fazer uma atividade em roda, ou mesmo tomar um café porque sou o pai esquisitão que fica em casa? Ninguém quer saber de papo. A mulherada até parece admirar, mas guarda uma distância saudável. Porque, sim, sou o pai esquisitão, o homem que deu errado.
— Mas Edu, o que você quer que eu faça? Não tem outro cenário possível...
— Claro que tem — interrompeu Edu. — Existe um cenário em que mesmo trabalhando muito dá para fazer escolhas em prol da família.
Exausta e há muito precisando desabafar, Erika seguiu por uma avenida perigosa.
— Tem vezes que eu adoraria que nossa família fosse um pouco mais dentro das normas, eu também sinto falta de ser a mãe que vejo por aí, e de ter o marido que chega em casa contando como foi o trabalho, querendo ouvir como foram as coisas em casa. Tenho inveja. Quero viver o tradicional também.
Edu se recolheu, machucado.
— E você acha que isso não acontece por quê? Porque assim decidimos? Ou porque as contingências não permitem? Acha que eu escolheria estar nessa posição? Adoraria abraçar

o rótulo de melhor pai do mundo que me dão frequentemente. Mas a verdade é que não quero. Abriria mão disso. Quero viver com um pouco mais de normalidade, mas não posso porque estou desempregado. Mando currículo todos os dias para oportunidades bem aquém da minha capacidade, e nada acontece. E ainda preciso ouvir o quanto minha situação ferra com a sua, o quanto não consigo ser o parceiro que você quer — disse Edu em um só fôlego. — E tem mais: nada é capaz de me dissuadir de que é essa situação que te tira o tesão.

— E o que você quer que eu faça, Edu?

— Não tenho todas as respostas. Só sei que, como está, não está funcionando.

— Você está falando de separação, é isso?

— Não, claro que não, Erika. Eu te amo loucamente, mas precisamos ajustar nossa vida como casal, como família, para seguirmos adiante. Precisamos melhorar, e temos muitas oportunidades para isso. Só não podemos cair no marasmo de deixar para lá e esperar que as coisas se ajustem por si sós.

— Muito fácil falar. Não é você que está sofrendo uma pressão horrorosa todos os dias. Você faz ideia do que é passar o dia se sentindo uma funcionária insuficiente, uma mãe insuficiente, uma mulher insuficiente? Sem amigos, sem hobbies, porque, afinal, cadê a porra do tempo?

Erika começou a chorar, e Edu foi terminar de recolher os brinquedos. Pela primeira vez dormiram brigados. Antes de cair no sono, Erika juntou forças e escreveu no grupo do Trio.

ERIKA Encontro na praia amanhã na hora do almoço? Estou precisando muito.

As duas toparam. Reagendariam o que fosse, levariam filho se fosse preciso. Os encontros na praia precisariam virar sagrados se aquelas amizades fossem evoluir.

~~~

— Oi, meninas, como estão?
O dia estava nublado e quente, um vento gostoso acariciava os cabelos, não se via o horizonte.
— Eu estou bem, o Bento é que está gripadinho. Deixei com a Rosa pra não pegar vento, ele fica tão bem com ela...
— A Lua está cada vez mais sorridente, incrível como um simples sorriso recarrega a energia de uma mãe exausta. E você, Erika, conta, que sabemos que tem história aí.
— Estão com tempo e paciência?
Erika então contou o que havia se passado, a perda da festinha de Matheus, sua reação quando chegou em casa, o gesto de desligar as demandas de Rangel para aquele dia e a discussão com Edu. Não deixou nada de fora.
— Eu não sei o que pensar. Entendo o lado dele, mas vou fazer o quê? Continuo achando que ele fica com a parte boa, o amor dos filhos, enquanto estou presa num escritório que me entope de demandas tão absurdas que transbordam e me obrigam a trabalhar de casa.
Thaís e Zilda se entreolharam. Não sabiam quem daria o primeiro passo.
— Erika — disse Thaís —, deve ser muito difícil estar na sua situação. Muito ruim se sentir tão pressionada a esse ponto. Nem imagino a angústia que você deve sentir ao ver as crianças correndo para o pai. Mas a verdade é que o seu trabalho não vai nunca colocar limites. Eles sempre vão querer mais de

você e sempre te farão pensar que você não faz o suficiente. É assim que a roda gira. E é desconfortável te falar isso, mas de certa forma você está se encaixando no jogo. Eles estão roubando os momentos mais preciosos que você teria com sua família. Oportunidades que não voltam. E você está descendo junto com a correnteza. — Erika mirava o fundo do mar. Não queria lição de moral, só queria desabafar. Thaís parece ter escutado seus pensamentos: — Não te falo isso para que se sinta mal. Sei que já não está legal. Mas minha obrigação de amiga é jogar a real. Mostrar o que eu enxergo. Você precisa cavar mais tempo para sua família, mesmo que isso te custe uma promoção. Aliás, ouso palpitar que a promoção aconteceria de qualquer jeito, o Rangel só está usando da palavra mágica para te fazer correr mais atrás da cenoura.

— Gente, mas peraí, não sou um simples coelhinho correndo atrás da cenoura. Eu sei me proteger de gente como o Rangel, passei a vida assim.

— Sabe se proteger ou passou a vida tentando se proteger e se convencendo de que estava conseguindo? — perguntou Thaís. *Touché*.

Zilda observava. Percebeu que Erika estava irritada, não precisaria sair da conversa pior do que entrou. Já sabia desde o incidente na praia que Thaís era bocuda, e a amizade não era ainda tão profunda que lhe desse carta branca para falar assim o que pensa.

Erika não respondeu. Apenas engoliu em seco para não revidar qualquer coisa da qual se arrependesse depois.

— O problema da Erika é o mesmo de nós duas, que todas nós enfrentamos. Não tem nenhuma diferença, a não ser o ponto de vista — disse, tímida, Zilda. — Se não nos sentimos insuficientes com o trabalho, então é com os filhos. Ou com a família. Ou então falta dinheiro, faltam braços para ajudar.

A maternidade não deveria ser assim tão solitária. Não tem aquilo de ser aldeia? Não tem aldeia aqui para nenhuma de nós três. Somos amigas, mas temos que dar nossas próprias reboladas. A gente tinha é que ter menos pratinho girando.

As três emudeceram, absorvendo as palavras simples e perfeitas.

— Desculpe, Erika, às vezes falo demais mesmo. Não é de hoje que você deve ter percebido. É que vejo em você o que eu gostaria de ser. Uma mulher que não se anulou com a maternidade e tem um marido que te banca no seu sucesso profissional. Não soube enxergar o lado ruim da sua situação. Sei que você não tem outra escolha e isso deve ser insuportável. Ver o filho pedir atenção e não poder dar deve ser o que há de mais perverso que é imposto a uma mãe que trabalha num cargo de liderança — disse Thaís. — Fora que sua realidade é outra. Eu, se voltasse a trabalhar, poderia fazer meus próprios horários para evitar esse distanciamento do Bento. Mas trabalhando numa firma é tudo diferente. Me desculpe a falta de tato. Mas, se me permite, também entendo o lado do Edu. Ele vive num limbo, num planeta só dele em que não é aceito nas rodas de mães e é malvisto entre os pais. Tenho certeza de que ele escolheria outro arranjo se pudesse.

Erika enxugou as lágrimas. Olhou para o relógio. Precisava voltar. Rangel tinha um "assunto muito importante" para aquela tarde. Zilda e Thaís estavam com o coração na mão, imaginando que a amiga sumiria hoje da praia e não voltaria mais. Não seriam mais o Trio, tudo porque Thaís, linguaruda, deixou escapar o que pensava. Em vez disso, Erika se levantou, limpou a roupa, esvaziou o sapato cheio de areia e pediu:

— Por favor, meninas, prometem que seremos sempre assim, honestas? Eu preciso de chacoalhões de vez em quando.

As três se abraçaram apertado.

— Ainda está cedo para dizer que amo vocês? — perguntou Thaís.

— Ah, deve estar, mas isso não nos assusta como costuma assustar os homens — disse Zilda.

E caíram na gargalhada, a gostosa, já quase antiga, a gargalhada conhecida. Thaís foi para seu apartamento, queria sair com Bento, já que o sol não estava forte. Zilda foi para o mar com sua prancha, aproveitar o tempo que descolou com Suzana para remar um pouco. E Erika, sem muita escolha, voltou para aquele grande prédio comercial, onde "algo muito importante" aconteceria.

capítulo dezesseis
ana

Em sua sala, Rangel digitava freneticamente quando foi interrompido. Se ajeitou na cadeira.
— Erika.
— Rangel.
Ela estava exausta demais para notar o tom levemente ríspido do diretor. Dois meses haviam se passado desde a promoção, e já pensava em estratégias para voltar atrás. A vida já era cansativa, agora estava inviável. Não fazia ideia da bomba que tinha nas mãos. Mas, por mais que sonhasse, não tinha como voltar no tempo, não poderia "desaceitar" a promoção.
Por infindáveis segundos, Rangel não abriu o bico. Era sua estratégia para deixar seus passarinhos cantarem. Foi assim que Erika se justificou sem um pedido de justificativa.
— Ontem eu precisava dar atenção ao Matheus. Tem dias em que preciso ceder, não tem jeito...
Erika elaboraria, mas Rangel interveio:
— Espero que o Matheus esteja bem. — E continuou, dizendo que claro que entendia que filho ocupa tempo. Claro que aquele era um lugar comprometido com a diversidade, que apoiava a contratação de mulheres mães de todas as origens. Claro que precisava dar tempo a Erika para que se adaptasse às responsabilidades do novo cargo. Claro.
Mas. Sempre tem o "mas".
— A expectativa é outra agora. Você conhece essa empresa. Não posso simplesmente te promover, te subir de nível, sem sua contrapartida. Uma promoção aqui aumenta outras coisas além da sua conta bancária.

Rangel percebeu pela cara de Erika que havia ido longe demais.

— Eu imagino que seja difícil equilibrar tudo. Filho pequeno, então, eu sei. Por isso, não vai inventar mais filho, hein? — A frase saiu com a risada tranquila e a piscadela para amenizar, e chegou como uma bofetada. Rangel nunca tinha sido tão explícito. — Continuo acreditando no seu potencial.

Erika não sabia se agradecia pela confiança ou se mandava o chefe tomar no cu. Na dúvida, e para não ficar estupidamente muda, resolveu falar sobre o que realmente havia ido falar:

— É por isso que precisamos conversar sobre o volume de trabalho, Rangel. Sou a primeira a chegar, a última a sair, sei que sou eficiente, mas o volume é inviável.

Ela pensou em falar que tem a jornada em casa, a ausência na vida dos filhos e do marido, mas isso era óbvio. Ele sabia, mas não via como argumento. Via como fraqueza, e ela preferia omitir.

— Aqui — ele diria — somos todos iguais. A gente é tratado igual. Não importa sexo, origem, situação financeira, somos todos tratados da mesma maneira. Você não pode ser exceção.

No entanto, Rangel sabia que ela não estava exagerando, que de fato estava assoberbada com um volume de trabalho acima do normal. Já percebendo a sobrecarga de Erika, ele disse que contratariam uma assistente para ela. O alívio foi imediato. Parecia que esvaziavam um balão que inflava no peito de Erika e explodiria a qualquer instante. Ao mesmo tempo, se sentiu fragilizada. Ela não queria que o chefe a visse vulnerável, que percebesse por conta própria que ela não estava dando conta. Ela logo se animou:

— Quando vamos começar as entrevistas?

— Não se preocupa, já cuidei disso.

— Das entrevistas? Acho que faria sentido eu participar, já que...
— Ontem te liguei para falar das candidatas. Semana passada você estava ocupada com outros projetos. No final, tive que escolher. E escolhi bem, pode ficar tranquila. — O sorriso de novo. — Ela está aqui hoje, veio assinar o contrato com o RH. Quer conhecê-la?
Mas que pergunta idiota, pensou Erika. *Não, não quero conhecê-la, vou manter uma relação virtual com minha própria assistente.*
— Sim, claro. Como ela se chama? — Erika se esforçava para acompanhar os passos largos de Rangel.
— Ana — disse o chefe. — E está logo ali.
Foram ao encontro da menina que parecia recém-saída da faculdade. Ela lhe lembrava de sua entrada no mercado de trabalho, como havia sido difícil cavar seu lugar dentro de todas as empresas em que trabalhou, como sentia que sempre tinha que se provar mais do que os outros. Rangel virou-se para a nova assistente:
— A Erika vai ser sua *big boss*. Você tem muita sorte. Ela é ponta firme, mas tem um quê de pitbull, então fica esperta. — Ambas as mulheres olharam para os respectivos sapatos, soltando uma risada sem graça, sentindo-se obrigadas. — Erika, essa é a Ana. Ela vem fresquinha da faculdade, é seu primeiro emprego após se formar, e vai salvar sua pele.

~~~

Com a chegada da assistente, Rangel não se opôs quando Erika pediu mais flexibilidade no trabalho. Agora, poderia trabalhar de casa alguns dias na semana, podia pausar para um café, levar Matheus na escola ou arriscar um exercício na hora do almoço. A vida parecia bem mais agradável. Por algumas semanas, Erika viveu sua lua de mel profissional. Ela agora tinha as responsabilidades de uma gerente, mas também tinha tempo e espaço para sua família. Quem sabe até para as amigas! Tinha uma renda adequada, e, para melhorar, só faltava Edu achar um emprego. Estariam muito bem assim. Mas algo nela sabia que não iria durar.

Ana era uma garota muito esperta e competente, Erika ficou impressionada como em tão pouco tempo a menina soube absorver tanto. Ela falava as coisas uma vez e Ana já captava, não a incomodava pedindo para repetir. Quanto mais conviviam, mais ficava abismada em notar a semelhança entre as duas.

Certa vez, Erika chegava ao trabalho um pouco antes das nove quando avistou Ana na sala de reunião envidraçada, Rangel ao lado. A câmera de teleconferência estava ligada, e o sinal de *NÃO INTERROMPER* afixado na porta. Rangel viu Erika parada no meio das escrivaninhas e fez um sinal de joinha discreto. Ela não retribuiu, não sabia do que se tratava aquilo, mas desconfiava que não gostaria. Entrou em sua sala com ouvidos atentos para escutar quando aquela reunião terminaria. Sabia que Rangel sairia assobiando, e assim foi.

Seguiu-o até sua sala, fechou a porta e perguntou o que faziam na sala de reunião. Rangel parecia ter uma verdadeira satisfação em contar:

— Lembra da análise do nosso budget que precisávamos preparar? Sei que você estava se descabelando com isso. Pedi pra Ana dar um tapa no arquivo e fazer a apresentação. Ela se saiu lindamente. Essa garota foi um achado. Você ficaria orgulhosa de ver.

Erika emudeceu. Ela estava trabalhando nesse plano desde o início da semana. Por um lado, ficou aliviada de saber que foi tudo finalizado, um peso a menos em suas costas. Por outro, e mais importante, por que é que ninguém pensou que seria interessante envolvê-la na discussão?

— Não entendi. A Ana fez a apresentação para a qual eu estava me preparando, sem me comunicar? — perguntou.

Rangel ainda não havia percebido quanto a situação tinha incomodado Erika.

— Não foi ela. Fui eu. Você estava trabalhando de casa, ela parecia mais ou menos disponível, e pedi para que trabalhasse no arquivo. Achei o resultado excelente e disse para continuar. O único horário que o diretor-geral tinha disponível essa semana era hoje cedo. Então pedi para ela fazer a apresentação, e ela arrasou. Foi tudo de improviso, ela se mostrou uma fera sob pressão.

— Agora estava óbvio que Erika desaprovou a atitude do chefe. Ele se adiantou: — Erikinha, sou seu chefe, então tenho que jogar a real. Você está sendo controladora, mas precisa da ajuda que a Ana está trazendo. Fica difícil te satisfazer. Com assistente tem ciúme, sem assistente não dá conta. Me ajuda aqui, querida.

Arrependida de ter comemorado uma nova fase no trabalho, Erika percebeu que alguns problemas de fato se resolveram e, outros, novos, começavam a dar as caras. Seria Ana um deles? Uma menina ambiciosa capaz de passar por cima dela para agradar o "chefão"? Afinal, quem teria sido a cobra naquela história? Rangel pediu para Ana entrar dando voadora no projeto, ou Ana se oferecera na tentativa amadora de mostrar seus dotes e o valor de seu diploma? De qualquer forma, o pior de tudo foi ter ficado no escuro. Ela se sentiu pequena, incompetente. Queria vazar dali pelo ralo mais próximo. Em casa ela já não era a número um; agora teria que lidar com disputa interna para garantir seu lugar na empresa.

Erika percebeu que estava na iminência de chorar, mas se recusava a se emocionar diante de Rangel. Também se recusava a ir embora daquele jeito, como se Rangel fosse o pai separando a briga das filhas.

— Não é ciúme, Rangel. Eu estava trabalhando naquele arquivo, eu que deveria tê-lo apresentado. No mínimo, isso deveria ter sido discutido comigo, não acha?

Rangel enrubesceu.

— Não importa, somos uma equipe. A Ana estava motivada, e eu deixei que crescesse dentro do projeto. Você tinha era que lhe agradecer e elogiá-la. É o que fazem os bons gestores. — Ele parou, encarou Erika com cuidado para ver se a mensagem chegou onde deveria. — Incrível como mulher arranja pano pra manga. Isso de sororidade é balela. Não tem que ter competição interna, Erika. É contraproducente. É irritante. E chega desse papo porque eu estou atolado de trabalho, você também deve estar.

Ela nunca havia visto Rangel tão irritado. Provavelmente tinha percebido que fez cagada, mas jamais daria o braço a torcer.

Erika saiu da sala do chefe e se dirigiu para a sua, sem olhar para os lados. Notou que, à direita de seu campo de visão, uma garota abraçava os papéis séria e a olhava assustada. Era Ana. Uma cobrinha corporativa em formação ou a menina que desconhece aquela politicagem e teme o chefe da chefe? *De repente*, pensou Erika, *nem tinha passado por sua cabeça que estava dando uma rasteira na sua gerente direta*. Mais tarde cuidaria disso.

Fechou a porta, as cortinas da sala, e se jogou em sua poltrona. Pegou o celular; precisava lembrar Edu de comprar mais requeijão e um presente para o aniversário de um amigo de Matheus. Outros pepinos domésticos, ela mesma teria que resolver. Com a flexibilidade de trabalhar de casa, chegaram responsabilidades também. Era como se o *home office* a fizesse disponível para cuidar dos afazeres domésticos.

Essa era uma nova nuvem que se formava sobre o casamento de Erika e Edu; precisariam, eventualmente, dissipá-la. No entanto, quando pegou o celular, notou as mensagens no Trio. Zilda havia gravado uma mensagem de voz, isso não era muito dela. Ouviu a mensagem e decidiu que ela podia, naquele dia horrível, ajudar alguém. A mensagem de Zilda viera na melhor hora possível. Erika se sentia a pior pessoa do mundo e, naquela mensagem, encontrou um convite para se tornar melhor. Ela seria aquela grande amiga que gosta de ser, que quer ter. Ela faria aquele imenso favor.

capítulo dezessete
nem um toque

Enquanto criava volume no cabelo de dona Dirce pela segunda vez na semana, Suzana pensava em Zilda. Será que a amiga tinha se arrependido de virar mãe? Não que tivesse tido muita escolha, mas, trabalhando com cuidado de idosos, como poderia provar que ter uma bebê a tiracolo não atrapalharia? Talvez ela estivesse certa em tentar mudar de área, nem que fosse por alguns anos. Voltar, depois, seria complicado, mas conseguir emprego agora, como cuidadora, parecia impossível. Se Zilda visse sua oferta de trabalho no salão como uma necessidade e não como caridade, as coisas seriam mais fáceis. No caixa, ela poderia trabalhar com Lua no sling ou num moisés ao lado. Mas a amiga era orgulhosa e repetia que não queria dar trabalho, queria trabalhar. Não queria ajuda, queria ajudar.

Tudo o que a Zilda permitia que Suzana fizesse era ajudá-la a encontrar um emprego. Em seu salão, Suzana passava o dia com a agenda lotada de retoques de raiz, cortes e penteados em senhorinhas que podem se dar ao luxo de fazer dali uma segunda casa. Com certeza conhecem pessoas que precisam de cuidador, se não elas mesmas. Suzana nunca foi tímida. Não acreditava em cercar assuntos. Mas o interesse que Zilda muitas vezes desperta nas clientes sempre esfria assim que descobrem que ela acabou de ter bebê.

Suzana entendia que era um complicador, mas como Zilda iria fazer? Os boletos, sem trégua, continuavam escancarando sua situação. Sua ajuda era claramente bem-vinda, mas Zilda ficava deprimida quando chegava o fim do mês e precisava entregar as contas para a amiga pagar — a alternativa a esse empréstimo seria se endividar no banco ou ter o celular desligado pela operadora. Isso ela jamais permitiria.

Incrivelmente, a amiga conseguiu ser contratada por um período de experiência. Um mês. A patroa não parecia das mais amistosas, mas o senhor parecia muito doce e tranquilo, e a filha da patroa seria a Thaís, que também parecia bacana. A experiência começaria em poucas semanas, assim que Lua completasse três meses. E ninguém sabia se daria mesmo certo. Convenhamos: ter um bebê recém-nascido e cuidar de um idoso não são atividades complementares.

Apesar do cenário apocalíptico, tinha um lado dessa história, inconfessável, que trazia alento ao coração de Suzana. Zilda precisava dela. Essa vulnerabilidade era a garantia de que a amiga não iria a lugar nenhum, de que Lua, por quem se apaixonava mais a cada dia, continuaria unindo-as, apesar das olheiras e dos coques mal-ajambrados. Por outro lado, não conseguia estar presente como gostaria. A amiga precisava também de colo, e, já que Suzana abria e fechava o salão, trabalhava sem parar das nove da manhã às oito da noite, Zilda procurava ombros disponíveis em outros lugares. E isso roía Suzana por dentro. Ela queria bastar, queria ter a capacidade de tirar com a mão a solidão que levou Zilda a fazer novas amigas, a passar tanto tempo no telefone conversando com essas pessoas que mal conhecia e já entraram em suas vidas, mães que passaram ou passam por situações semelhantes às dela, embora em realidades bem diferentes.

~~~

Quando Zilda chamou Suzana para ir até a casa da mãe, já imaginava que a amiga não poderia ir. Com todas as contas nas costas, Suzana não poderia se dar ao luxo de fechar o salão por razões pessoais, e não confiava nos funcionários a ponto de deixar tudo em suas mãos.

Zilda imaginou certo. Suzana tinha clientes importantes naquela tarde, clientes que não aceitariam outras cabeleireiras tocando suas cabeças, clientes generosas na gorjeta e nos serviços demandados. Uma tarde daquelas facilmente cobriria a semana toda. Ela tentou convencer Zilda a ir em outro dia, assim conseguiria se planejar com as clientes, mas a amiga estava determinada a tirar aquilo do caminho e não queria mais procrastinar.

— Vou ver com as meninas se alguma delas pode.

Foi uma punhalada, mas Suzana se mostrou compreensiva.

— Faz o que tiver que fazer, volta para casa e de noite a gente reza pra Lua dormir e a gente poder ver nossa série. — *Nossa série*. Que ficasse claro, *casa* era ali, com ela.

Jogada no sofá, Lua em plena mamada, Zilda resolveu mandar uma mensagem para suas amigas no Trio.

> **ZILDA** Meninas, seguinte: não quero mais esperar para ir na minha mãe. Preciso resolver a questão do dinheiro que ela me deve. Eu não tenho mais nada, e o que é certo é certo. Mas não banco ir lá sozinha. Alguma de vocês está pelo cais e pode me acompanhar?

Aguardou ansiosa pela resposta. Thaís e Erika estavam digitando. Não tinha muita fé de que Erika conseguisse escapar. Já Thaís parecia ter mais tempo e disponibilidade. Não só isso, ela parecia querer sair de casa, agora que Bento havia tomado as vacinas mais importantes. Naquele dia, em especial, com certeza aceitaria um convite para desanuviar: Victor estava viajando, e ela provavelmente gostaria de companhia.

Ficou desapontada quando chegou a mensagem de Thaís:

> **THAÍS** Desculpe, querida, Bento está particularmente ranheta, chorando, incomodado. Acho que minha angústia está afetando o humor dele. Ou é uma virose.

> **THAÍS** Eu sei o quanto essa ida à casa da sua mãe é importante para você, eu toparia te acompanhar a qualquer momento, mas hoje não vai rolar. Estou muito ansiosa, muito estressada com o Bento assim, choroso.

Erika, por sua vez, também surpreendeu.

> **ERIKA** Eu posso, Zilda. Vou dar um jeito. Preciso ser amiga, além de mãe e funcionária. Te encontro no cais a que horas? Depois te levo para comer o melhor quindim do Brasil. Fica ali perto.

Mesmo debaixo do calorão, Lua se escondia do mundo naquele sling. Mãe e filha suavam, mas a preocupação de Zilda naquele momento não era arrefecer. Estavam diante da porta de um apartamento em um pombal malcuidado. Sobre o botão da campainha que não funcionava, amarelado de mofo, o nome, para evitar que o zelador errasse na hora de entregar as contas naquele mundo de domicílios. Laura Gomes da Silva. Só de ler o nome da mãe, Zilda já estremece.

 Erika, ao lado, parecia intuir a angústia da amiga. Pegou-lhe a mão, deu um aperto suave e soltou.

— Respira.

Ela obedeceu. Bateram na porta e logo ela se abriu, um cheiro forte de cigarro velho fugiu enquanto elas entravam sem serem convidadas — Zilda sabia que não haveria convite.

Laura parecia mais baixa. Tinha envelhecido muito desde a última vez que a filha a tinha visto. A pele acinzentada, olheiras profundas, o rosto marcado pela vida. Pés de galinha não havia muito. Havia, sim, um código de barras no buço; era difícil dizer se aquele mundo de dobrinhas era resultado de tantos anos chupando o cigarro ou se vinha de uma vida inteira de ira e ressentimento. Provavelmente uma combinação dos dois. A testa era difícil de interpretar. Estava franzida porque naquele exato momento ela estava brava, irritada, desgostosa, ou porque uma vida franzindo a deixou assim, sem saber o caminho de volta?

Laura engravidou ainda adolescente. Se tivesse recursos, teria tirado — algo que nunca deixou de jogar na cara da filha.

— Você é o motivo para todos os meus planos irem por água abaixo — dizia, em momentos de fúria ou embriaguez.

Zilda se esforçava para, mais do que não dar trabalho, ajudar. Queria agradá-la, sumir quando deveria sumir, aparecer quando a mãe precisava de alguma coisa. Ela mal andava e já estava ajudando-a com a colher de pau, sobre uma cadeira em frente ao fogão, enquanto a mãe assistia à televisão. Mal falava e atendia o telefone enquanto Laura se arrumava para sair. Tentava fazer tudo da forma mais eficiente para sobrar tempo de ficar quietinha e dar o pincel de blush que a mãe passava nas bochechas. A seus pequenos olhos, Laura era uma divindade, e ela não a merecia.

Sua dinda Luíza contou-lhe que Laura tinha vontade de ser artista de televisão, mas acabou trabalhando numa loja de departamentos, depois de uma fracassada tentativa de trabalhar num bar.

— Sonhar é coisa de gente rica, Zilda — dizia a mãe. — Gente pobre tem boletos, e filhos, para atrasá-los.

~~~

A casa de sua madrinha, um anjo em seu caminho cheio de buracos, era o melhor lugar do mundo. Além de se sentir protegida e amada, com Luíza, Zilda se sentia mais forte. A madrinha também tentava incutir doçura onde não havia: explicava os motivos que levavam Laura a agir com tanto amargor.

— Ela é seu avô todinho, o gênio ruim e o coração congelado... mas ela te ama do jeito torto dela. — Zilda a olhava cética, mas querendo acreditar. — Você teve a sorte de ter podido contar com um pai tão amoroso como o Sílvio. Graças a ele, hoje você é uma pessoa bem ajustada, pronta para o que a vida jogar no seu caminho. Uma pena que ele se foi tão jovem. — Depois a punha de frente para o espelho: — Repete comigo, minha filha, mesmo que ainda não consiga entender e eu não saiba te explicar: "eu tenho valor", "eu sou inteligente", "eu tenho um futuro de muito sucesso".

Tudo o que Luíza dizia tinha muita força para Zilda, mas que aquelas palavras cabiam nela era difícil de acreditar.

— Olha lá quem vem aí! Ela está viva e agora é mamãezinha! — Laura parecia alcoolizada. — Eita, que você entrou nessa moda de andar grudada na cria! Vai acabar com as suas costas, pendurar o neném nesse troço. Não sobra mais nada depois, quando ele começar a andar e, aí sim, te estraçalhar. — Ela não tinha mudado. — Quando você era neném eu te deixava no carrinho, no quadrado, por aí. No final, foi a melhor coisa. Você cresceu de todo jeito, e eu salvei minha coluna. — Laura deu um tapa no próprio joelho e riu de uma sílaba só, um riso debochado. Ela parecia não ter notado Erika plantada a seu lado. — Diga lá, minha filha, vou fingir que não sei o motivo da visita. — Enxugou uma lágrima inexistente, fruto de sua gargalhada carregada de catarro.

— Oi, mãe. Tudo bem com a senhora? — Zilda queria manter um nível polido naquela conversa, dentro do possível. Estava envergonhada da performance de Laura diante da amiga. — Essa é minha amiga, Erika.

A mãe a cumprimentou desconfiada, depois virou-se para Zilda:

— Já estava mais do que na hora de você largar daquela menina, Suelen.

— É Suzana, mãe. A senhora bem sabe.

— Ah, não importa. A Su, Su, Su, você sempre só falou da Su. — Laura fez uma careta odiosa, Zilda conhecia bem, era deboche. Mas não, ela não entraria naquele jogo. Deixaria Suzana fora da história ou acabaria descendo o nível, o que sua mãe mais queria.

Ignorou a provocação e foi direto ao ponto.

— Eu vim saber quando você pode me transferir aquele valor da casa da dinda. Ela havia dito que era para a senhora guardar para mim. — Zilda ajeitou a postura e lembrou do conselho de Erika. Não perguntar se vai fazer, e sim *quando* vai fazer a transferência. Então se corrigiu: — Na verdade, quero saber se no mês que vem a senhora vai me transferir o valor que a dinda deixou para mim.

Laura ficou séria, aquele olhar que ela conhece, o que precede um tapa na cara.

Um frio na barriga deixou Zilda corcunda de novo, querendo que Lua voltasse para seu ventre para protegê-la do que ela mesma não conseguia lidar.

— Tá é louca? Esse dinheiro já foi, meu bem. Ou você acha que criar criança é só meter no saquinho e levar no colo para cima e para baixo?

Zilda sentiu o rosto esquentar.

— Como assim, "já foi"? O combinado era você não mexer em nada e guardar para mim. Foi esse o desejo da dinda! — Claro que não haveria mais dinheiro. Olha para aquela casa, aquele cheiro, a TV ligada em programa de pega-trouxa. Olha para Laura. Aquela mulher nunca honraria o combinado.

De repente, ela escutou a voz de um homem. Zilda olhou para a mãe, atônita:

— Jura, mãe? O Sérgio ainda está aqui?

Laura, pela primeira vez, pareceu envergonhada.

— Eu posso até sofrer às vezes, meu bem, mas não estou que nem você, com filho recém-nascido e sem pai.

Agora, sim, está explicado. O cara mais encrenqueiro e trambiqueiro da cidade, famoso por torrar milhares no jogo do bicho.

— É para ele que foi o dinheiro da dinda, o meu dinheiro?

A mãe então sorriu, sentindo os passos do namorado que chegaria em segundos.

— E tem jeito melhor de torrar dinheiro do que no amor? — Ela expõe os dentes amarelos num sorriso estranho, forçado, não parecia acostumada a sorrir.

O homem a abraçou por trás. Abriu a boca para falar e de lá saiu um cheiro de morte, um hálito tão grotesco que Zilda teve o reflexo de proteger Lua, mesmo com ela toda redondinha dentro do sling.

— E não é que tinha nenê mesmo naquela barriga, mainha?

Aquela era a cena do inferno, a cena do que houve de pior em sua infância. Zilda ignorou o homem asqueroso e se voltou para a mãe.

— Não sei o que deu na minha cabeça de achar que poderia te pedir o dinheiro que era meu de direito.
— Opa! Dinheiro? — falou Sérgio, mais alto do que o necessário, que também estava alcoolizado. Zilda percebeu um breve esgar na mãe. Será que aquele cara lhe punha medo? Depois, Sérgio riu de uma sílaba só, as mãos espalmando os joelhos, e Laura se sentiu autorizada a repetir o gesto. Ela ria. Mas era de alívio.

~~~

Zilda nunca foi a fundo para entender a razão de ser tratada com tanta indiferença pela mãe. Ela sempre se esforçou para agradá-la e sempre foi vista como um fardo. Foi só adulta que entendeu que o problema estava na mãe, e não nela. Laura sempre bradou que merecia uma vida melhor e que isso jamais seria possível com filho para criar.
— Mãe é máquina de tomar no cu — dizia. — Filho só suga, só aspira, só puxa, só quer. Mãe fica com bolso murcho, teta murcha e saco cheio. E não tem nada que possa ser feito. Botou filho no mundo, se vira, se lasca.
Quantas vezes Zilda tinha ouvido palavras desse calão? Ela se escondia para escutar, mas era desnecessário: a mãe não se escondia para falar. Não estava preocupada. Aliás, melhor seria se a filha escutasse e soubesse como ela se sente, quem sabe assim se compadeceria e seria uma criança menos custosa.
Não foi sempre assim. Quando Sílvio estava vivo, a relação com a mulher não era das melhores, mas seu amor pela filha deixava as coisas mais leves. Ele vivia com a menina para cima e para baixo, passava os finais de semana inteiros pela praia, e assim sobrava tempo livre para Laura fazer o que quisesse.

Parecia até uma família feliz. Simples, mas temperada com amor e sal. Isso bastava. Quando Sílvio morreu, tudo azedou. Zilda ainda não tinha idade para ir sozinha à praia, mas não conseguiria ficar longe do mar. Era a forma de continuar sentindo seu pai. Os cheiros, o carinho da brisa, o calor sob os pés, a água correndo rápida sob suas remadas. O luto da menina foi ressentido pela mãe, que, mais do que sentir a falta do marido, sentia falta de alguém para ocupar aquela criança chorosa que vivia desenhando ondas e simulando remadas pela rua, que nem uma maluca. Quando Zilda completou onze anos, a mãe a liberou para ir sozinha para a praia. E foi só assim que a menina voltou a sorrir.

~~~

Então era isso. Nada havia restado do que Luíza tinha lhe deixado. Sua mãe queimou o pouco dinheiro que lhe sobrou, no fogo do álcool e do jogo. Zilda se odiou por deixar escorrer uma lágrima. Com o queixo para cima, concluiu aquele encontro que não deveria ter acontecido:
— A senhora está certa, jamais deveria ter sido mãe. Não tem função mais longe da sua. O certo era a senhora ter sofrido um aborto. Que pena que eu nasci. — E fechou a porta delicadamente para não acordar Lua.
Perdida naquele fogo cruzado tão longe de sua realidade, Erika permaneceu calada. Sua presença tinha tido uma função meramente psicológica. O alívio que sentiu ao sair da casa de Laura era o de soltar o ar que havia ficado preso por todo esse tempo. Ficou impressionada com as últimas palavras de Zilda. Não conhecia esse lado da amiga e percebeu que ainda estavam construindo uma amizade.

Apesar do horror daquela mulher, de como conduzia a conversa com a filha, de como conduzia sua vida, Erika ficou emocionada em perceber que a amiga, com tão pouca convivência, já se sentia íntima a ponto de convidá-la para entrar nas partes mais escuras de sua vida, aquelas que tentamos esconder do mundo e até de nós mesmos. Sentiu em si a falta que faz uma amizade resistente aos desastres do passado.

De volta à segurança da calçada, Lua começava a despertar. Parecia saber que agora estava tudo bem voltar para o mundo. Zilda encheu seu cocoruto de beijos e tirou-a do sling para amamentar. Aos soluços, se dirigiu à filha:

— Obrigada por ter vindo, minha bebezinha. Você ilumina o meu caminho. Mamãe nunca vai largar da sua mão. Você não ouviu nada daquilo não, né? Nossa história vai ser diferente, filha.

capítulo dezoito
eu volto logo

Observar Victor arrumando as malas era uma verdadeira tortura. Thaís nunca gostou da ideia de ele partir sem ela.

— Posso ir junto? — Ela sabia a resposta. Não era uma pergunta, era um grito de socorro. Nem teria como ir com Bento assim, pequeno. Ela não bancaria.

Parecia que cada item que o marido colocava na mala era um sentimento a menos entre os dois. Victor estava especialmente carinhoso. Agradava-lhe perceber quanto sua ausência impactaria sua mulher, mesmo que ela sempre desse a entender que ele era um marido e pai ausente.

— Eu volto logo. Qualquer coisa, vai pra sua mãe ou pede pra Rosa dormir aqui.

Thaís se sentiu um pouco menos desolada ao contemplar a ideia. Pelo menos tinha uma rede de apoio para auxiliá-la. Mas não era a mesma coisa. Victor tinha seus defeitos, mas ela gostava de sua companhia. Quando havia conversa, era sempre bom. Além do sexo bem esporádico, era o que mais os fazia lembrar de que eram um casal. Ele também era a figura masculina que — ela odiava confessar — trazia segurança e proteção. Com Victor em casa, a reclamação da ausência era menos ruim do que a ausência em si.

No fundo, Thaís queria estar no lugar dele, arrumando malas para qualquer lugar longe das responsabilidades da vida adulta. Ao mesmo tempo, só de imaginar ficar longe de Bento por mais de algumas horas já lhe dava taquicardia. Não é à toa que dizem que mãe pensa todo dia num plano de fuga e todo dia acaba incluindo o filho na aventura. Ela se sente escrava do assunto maternidade. Até tenta, mas não consegue se interessar por mais nada. Justo ela, que sempre trabalhou tanto, sempre tão dinâmica. Felizes são os homens, nunca questionados quando precisam se afastar um pouco da cria. Tornam-se pais, mas ainda há uma liberdade neles, uma vida que continua parecida com o que era. Isso não existe nas mulheres, e pensar a respeito só a deixava mais deprimida.

Enquanto Victor terminava de arrumar o nécessaire, a esposa contemplava os desastres.

— Não dá mesmo para mudar para Guarulhos? Aquele aeroporto de Congonhas com a pista curta é tão perigoso... Lembra do acidente da TAM?

Ele sentou ao lado de Thaís, pegou sua mão.

— Isso faz mais de vinte anos. E acidentes são tão raros... Tem tanta coisa trivial que é mais perigosa e ninguém questiona: andar de carro, andar a pé, entrar no mar, por exemplo... muito mais arriscado. — Ele ajeita uma mecha de Thaís atrás da orelha. — Relaxa, amor, que vai ficar tudo bem. Eu volto logo.

— Mas, olha só, falando de carro, não acha melhor usar o nosso carro, que é blindado, para ir ao aeroporto? Você é sempre o primeiro a evitar ir de táxi porque acaba sendo mais perigoso. — Victor se levantou, uma fagulha de irritação despontando no olhar. Thaís falava demais, questionava demais, estava manhosa demais. — São Paulo está mais perigosa do que nunca — ela suplicava.

— Preciso aproveitar a viagem de táxi para trabalhar. Não tem como perder quase duas horas no trânsito até o aeroporto, em plena hora do rush. — Fez um breve silêncio, enxugou uma lágrima que escorria no rosto da mulher. — Vai ficar tudo bem, linda, te mando notícias o tempo todo. Ao chegar no aeroporto, ao passar pela segurança, ao chegar lá. E eu volto logo.

— Promete?

— Prometo.

Thaís se levantou, fez menção de acompanhá-lo, mas Victor a interrompeu:

— Aproveita que o Bento está dormindo e se cuida, vai tomar um banho de banheira. Se você descer comigo para pegar o táxi, sabemos como ficará angustiada, chorosa. Não vai fazer bem para ninguém, e eu vou viajar com aquele gosto amargo na boca.

Victor tinha razão. Seria péssimo, ela ficaria revivendo a cena da despedida mil vezes na cabeça, até ele voltar. Ele a beijou e fechou a porta do quarto. Por um breve momento, Thaís ficou desconfortável na própria pele. Era como se não soubesse, naqueles breves segundos, ser quem era. A realidade adquiriu tons surreais, e só então ela desabou de bruços na cama e começou a chorar, o rosto virado para a janela.

Minutos se passaram, ela já estava mais tranquila, mais conformada, incrivelmente mais leve. Até que seus olhos repousaram sobre a mesa de cabeceira de Victor. Percebeu que ele havia esquecido o relógio. Ele não vive um dia sem contar os passos. Thaís salvaria sua viagem. O relógio era o mais importante, e ele o esqueceu. Decidida, vestiu a pantufa mesmo e chamou o elevador. Descia os andares e imaginava a ternura no olhar do marido. Vinte, dezenove, dezoito... "Que bom que você está na minha vida", Thaís imaginou que leria em seu olhar. Doze, onze, dez... "Talvez o táxi ainda não esteja aqui e a gente tenha tempo de dar um beijo na boca como nos velhos tempos, que tal?" Três, dois, um, térreo, o coração na boca como se fosse uma adolescente: *E se ele mudasse de ideia?* Que coisa sem sentido isso de amar mais a pessoa quando ela está partindo.

Thaís abriu a porta do elevador com o que poderia tranquilamente ser um golpe de caratê. Mesmo sofrendo com sua ausência, ela faria a viagem de Victor melhor. Ela seria lembrada toda vez que Victor olhasse para o relógio. Ela viveria em seu pulso, o ajudaria a pulsar. Na frente do prédio, o táxi já estava ali. A mala já estava no porta-malas, mas, correndo, daria tempo de alcançar. Correndo, deu tempo de alcançar. Deu tempo de ver o marido se abaixando para entrar no táxi. Deu tempo de ver uma mulher puxando-o para dentro do carro pela gravata. Deu tempo de ver o beijo na boca. O que ela pensou em dar segundos antes. Deu tempo de ver o sorriso sincero de quem parte para uma aventura deliciosa.

O mundo parou. Ela sentiu que saía do corpo. Sentou no chão de roupão, o coque semidesfeito, um ranho secando sob o nariz, provindo do choro de pouco tempo atrás, uma brisa dura bagunçando o que sobrou.

capítulo dezenove
não vai dizer nem "oi"?

— Xeque.
Francisco procurava com olhos ansiosos onde havia errado.
— A menina adora dar xeque, mas vamos ver quem dá o xeque-mate!
Zilda riu. O xadrez era diário, ambos gostavam daquele momento, e Francisco sempre soltava essa mesma frase. Ficavam na varanda cedinho, o primeiro sol da manhã esquentando aos poucos seus rostos. Tomavam café e jogavam até Estela aparecer com os afazeres e as recomendações do dia. Então interrompiam o jogo diligentemente. Depois voltavam. Foram raras as vezes que tiveram que suportar o suplício que era parar uma partida no meio.
Lua havia começado a creche fazia apenas uma semana. O coração ainda saltava do peito quando ajeitava as costas e não sentia o doce peso da filha no sling. Ao mesmo tempo, sentia o alívio de estar empregada — apesar de ainda no período de experiência, então a Copa não estava ganha, como frisava Estela. Zilda pisava em ovos. Sempre assuntava com Francisco para saber se tinha a aprovação da patroa.
— Se ela está gostando, a gente nunca vai saber — dizia o senhor —, mas, se ela não estiver gostando, pode ter certeza que saberemos na hora. Portanto, fique tranquila, menina. Se minha filha não está reclamando, você está com a bola toda.
Francisco era uma pessoa boa, de fácil convivência e perfeitamente são. À parte a dificuldade de locomoção, não precisaria de uma cuidadora. Estava claro para Zilda que era Estela, tentando aliviar suas próprias responsabilidades, quem fazia questão. No final, todos os lados saíram ganhando. Desde o

início, Francisco ficou encantado com a menina. Mesmo com a diferença de idade, era a filha caçula que a mãe de Estela não lhe dera. Os dois tinham uma sintonia especial. Zilda gostava do trabalho, apesar da saudade da filha e dos seios sempre cheios de leite. Estela conseguia ainda mais tempo livre.

A partida tinha acabado, Francisco havia, como de costume, ganhado o jogo.

— Hoje dei sorte. — Ele sempre dizia que Zilda o deixava ganhar, mas ambos sabiam que não era verdade.

Francisco partiu para uma soneca rápida. Zilda arrumou a varanda e foi para a cozinha. Edna trabalhava a seu lado enquanto fazia um bolo de cenoura.

— Já te disse que a dona não gosta dessa história de bolo, hein?! Açúcar faz mal pro Francisco — disse.

— Eu sei, é verdade — respondeu Zilda. — É só que fim de tarde pede um bolinho. Meu pai amava. Toda vez que faço, lembro dele. Ele tinha o jeitinho do seu Francisco, sabia? Também me chamava de "menina", era sorridente e brincalhão, acho que foi por isso que me encantei com ele desde o primeiro momento.

As duas batiam papo quando o interfone tocou. Era o porteiro.

— Um tal de Maicon. — Zilda sentiu um aperto no estômago. Mas como era possível? — Digo para subir? — perguntou seu João.

Zilda responde que de jeito nenhum, a voz trêmula, ainda assim mais alta do que ela gostaria. Zilda não o via desde que contou que estava grávida. Ele não queria saber de criança e, na época, questionou a paternidade. Na certidão de nascimento de Lua, consta apenas a mãe. Ela fez questão de mantê-lo fora de sua vida e pretendia jamais entrar em contato, a não ser que um dia, adolescente talvez, Lua questionasse sobre o pai. E mesmo assim desaconselharia. Maicon não havia sido nada para Zilda.

Ela se olha no espelho do elevador e, enquanto desce, se odeia por ajeitar o cabelo. Faria isso antes de encontrar qualquer um, mas enxergava qualquer tentativa de arrumação como uma derrota quando se tratava de rever o homem que tanto a fez sofrer.

Ele estava igualzinho. Parecia que nem um dia havia se passado desde o último encontro. Zilda imaginou o que ele deveria estar pensando. O corpo dela passou por uma mudança extrema: seu rosto, mais encovado, estava envelhecido com a rotina acelerada e as noites maldormidas. Ela agora estava menos vaidosa, não tinha mais espaço para o que julgava supérfluo em sua vida. Mesmo Suzana tinha que lutar para convencê-la a trançar os cabelos, aparar as pontas, fazer uma hidratação, ou mesmo ajeitar as madeixas num penteado rápido. Zilda sentia que, de certa forma, era errado ser vaidosa enquanto há um serzinho tão indefeso precisando de seus cuidados constantemente.

Maicon fez um movimento de entrar no prédio, mas Zilda o barrou. O que quer que fosse, seria discutido fora dali. As dependências do prédio eram seu lugar de trabalho.

— Diz aí, Maicon.

— Nossa, não vai dizer nem "oi", minha deusa?

— "Oi"? Dizer "oi"? É sério isso? — Zilda gagueja, um tropeço da raiva, ela não estava acostumada a expressar-se assim. — Eu não falo um mísero "oi", e por isso você se vê no direito de ficar indignado com meu comportamento? Acho que temos que bater um papo sobre o que leva alguém a ficar decepcionado.

Maicon baixou a guarda e tentou outra avenida.

— Minha deusa, como pode você estar ainda mais gostosa? Nunca vi mulher virar mãe e rejuvenescer.

— Deixa de ser besta. E não sou sua deusa. — Zilda se odiava, mais uma vez, por ter se sentido lisonjeada. Que poder era aquele que Maicon tinha sobre ela? Ela achava que qualquer sentimento tivesse se dissipado a essa altura. Até porque nunca houve sentimento por Maicon a não ser nas poucas noites em que se juntaram para "brincar", como ele dizia. Só pode ser culpa dessa vulnerabilidade que vem quando uma mulher se torna mãe e precisa voltar a ser mulher. — Em primeiro lugar, como é que você me encontrou? Não consigo imaginar uma pessoa do meu círculo que te daria o endereço do meu trabalho. Todos sabem o traste que você é.

Maicon fingiu que não sentiu o golpe.

— Nunca precisei que alguém me falasse nada, minha deusa. Dou meus pulos sozinho. — A cara de safadeza embrulhou o estômago de Zilda. Ele percebeu e logo mudou o rumo. — Poxa, eu sei que errei, fiquei assustado, não queria ser pai. Nem emprego eu tenho. — Maicon olhava para Zilda de baixo para cima, uma tentativa ineficaz de se fazer humilde. — Mas me arrependi. Vim em paz para conhecer a nossa filha.

— Pois perdeu a viagem, ela está na creche. — Zilda deu as costas, mas Maicon segurou-a pelo braço, um pé travando o portão do prédio, impedindo que fechasse. Ela olhou longamente para o homem e entendeu tudo. — Você acha mesmo que eu vou cair nesse seu papo furado? Você não veio conhecer filha coisa nenhuma, está com problema e veio encontrar solução, não é isso?

— Pô, é isso que você acha de mim?

— É outra coisa que você veio procurar?

Maicon passa a mão no cabelo, da testa até a nuca. O tique que ela até achava charmoso continuava, mas agora lhe dava asco. Tantas mulheres devem ter caído e ainda cairão nesse charme de malandro.

~162~

— Eu me enrolei em uma dívida. Estou precisando de ajuda, minha deusa. Fiquei sabendo que você está trabalhando em casa de bacana. — Ele olha a torre até o último andar. — Será que você não consegue pedir um mês de salário adiantado para me ajudar? Não sei o que vai ser de mim se não tiver essa grana nas mãos. Juro que eu devolvo logo. Você sabe que eu cumpro com minha palavra. — Maicon tinha a pachorra de falar olhando nos olhos.

Zilda riu. Quase uma gargalhada. A ironia. Não respondeu nada. Olhou para o pé de Maicon e fez um gesto para que ele o removesse. Ele não se mexeu. Então ela olhou para o porteiro, que estava atento àquela dinâmica, e fez um gesto de telefone. Se Maicon não tirasse aquele pé por bem, seria por mal. A estratégia deu certo, ela bateu o portão e virou-se para subir.

— Aí, ficou metida depois que foi trabalhar para bacana, é isso? Beleza, então, a gente se vê por aí.

Zilda não virou mais. Seguiu andando, a última frase pairando no ar deixando-a tonta. Ela sabia da tenacidade de Maicon, e do que era capaz.

capítulo vinte
conto de falhas

Estela jamais reconheceria, mas, mesmo vendo a filha em sofrimento, tinha um lado seu que gostava de estar naquele lugar. Ela ocupou esse espaço de alento por muitos anos, um espaço que só pertencia a ela. Apesar dos conflitos, a mãe ainda era a pessoa para quem Thaís corria quando o mundo desabava. E Thaís a ouvia, em outros tempos, mesmo quando tudo o que Estela tinha para falar era, num tom grave e sóbrio, "eu bem que avisei". Por um breve momento, Estela se sentiu mãe de novo.

Quando Thaís era pequena, a mãe estava sempre por perto, e ela se acostumou com isso. Precisava da mãe para se sentir inteira. Na praia, cercava-a como uma abelha a uma flor. E Estela parecia se deliciar no papel de fonte do néctar. Até hoje, traz na ponta da língua as frases que repetia à exaustão. "Quer milho verde?" "Sorvete, só no fim de semana." "Vem passar o protetor, tá parecendo um pimentão." "Água no umbigo, sinal de perigo." Eram muito apegadas. Thaís não ia no colo de ninguém e só conseguia sentir-se segura quando Estela estava em seu campo de visão. E, embora a mãe muitas vezes ficasse de saco cheio, ela gostava daquele chamego, daquela menina que guardava os sorrisos só para ela.

Estela havia sido aquela mãe quase perfeita. Fazia palhaçada nas horas certas, transpirava alegria, tinha a pele macia que Thaís adorava alisar. Tinha certeza de que todas as suas amigas tinham ciúme porque queriam ser filhas dela também. Até o jeito de caminhar, falar, gesticular eram perfeitos.

Agora, porém, o momento era outro. Thaís estava deprimida, tinha um filho com um homem ausente. O casamento já não ia bem, e, em pleno puerpério, ela descobriu a cereja do bolo, uma traição. A relação com a mãe já tinha esfriado muito nos últimos anos, mas Thaís achou que naquele momento poderia contar com a mãe, que seria sua principal rede de apoio. Mas caiu do cavalo. Estela passou a julgar a filha. Criticava cada decisão e, principalmente, cada queixa. Thaís nunca mais soube como era o cheiro do seu colo.

~~~

Lenços de papel pontuavam o sofá de Thaís. Os joelhos dobrados, abraçados por mãos trêmulas. O rosto vermelho, o nariz entupido, ela não aguentava mais chorar.

— Não consigo acreditar. Fico aqui revivendo as cenas na minha cabeça, procurando o meu erro. Foi um sonho lindo que desabou — disse. — Éramos loucos um pelo outro, você lembra, você sabe. E agora descubro que até ontem dormia ao lado de um desconhecido. Como é possível?

Estela manteve sua distância. Tomou um gole de chá, as canelas cruzadas como de costume, a postura muito ereta, fruto de anos de RPG.

— Essas coisas acontecem com mais frequência do que você imagina. Sempre te falei que você estava muito diferente desde que o Bento nasceu. Nervosa, reclamona, chorona. Homem não tem paciência. — Estela caminhava sobre território minado e sabia. — Não foi falta de aviso. Eles não querem saber sobre maternidade, e maternidade está em tudo o que você fala desde que engravidou.

O choro de Thaís ganhou ainda mais força.

— É isso mesmo que você tem a me dizer? Eu sou traída e a culpa é minha? Você enlouqueceu? Não é possível.

Mas era possível, sim. Estela sabia o que era ser traída, e por aquele que foi o grande herói da filha, a referência de pai. O grande herói que partiu como herói. Estela jamais teve coragem de arrebentar a bolha do amor entre pai e filha. De sofrimento, já bastava o dela.

Estela ficou furiosa.

— Alto lá, menina! Não te dou o direito de falar assim comigo.

Quem a filha pensava que era? Ela se perguntava como podia ser mãe de Thaís, uma mulher tão diferente dela. Sempre quis ser mãe, mas não tinha pressa, nem era um sonho. Enquanto a maioria das mulheres de sua geração queria ser mãe antes dos trinta, o que ela realmente almejava era se firmar como arquiteta. Não uma arquiteta, mas a arquiteta de Santos e região. Queria ser a referência, e tinha capacidade para tanto.

Contudo, engravidou de Thaís aos 22 anos, quando sua trajetória profissional estava apenas começando. Largou a carreira certa de que, como era ainda bem jovem, poderia retomar alguns anos mais tarde. No entanto, a realidade foi mais cruel do que imaginou. Ao tentar se reinserir, percebeu que havia perdido todos os seus clientes para arquitetos mais *jovens*, mais *antenados* nos novos avanços dos primeiros programas de arquitetura e design, mais *disponíveis* do que uma mãe. Ninguém estava a fim de apostar fichas numa profissional atrasada e, decerto, com outras prioridades.

Por mais que tenha mergulhado de cabeça na maternidade e amado ter Thaís, Estela teve dificuldade em aceitar o fim de sua carreira. Por muito tempo, achou que quando a filha começasse a ir para a escola conseguiria um tempo para voltar a estudar e prospectar novos clientes. Não foi bem assim. O mercado seguiu fechado — talvez ainda mais devido ao tempo que passou longe de um escritório. Se tivesse tido Thaís mais tarde, como queria, teria construído algo antes da maternidade que estaria esperando por ela quando voltasse.

Os primeiros anos foram solitários. Ela era a única mãe em sua turma. Percebia que as amigas marcavam noitadas e não a chamavam. Sentiam pena. Sabiam que ela não poderia ir. Fernando, o pai de Thaís, trabalhava muito. Saía cedo e chegava sempre tarde. Estava em início de carreira, tinha muitos pacientes de convênio, ganhava pouco por consulta, volume era fundamental. Estela passava o dia inteiro com sua bebê, torcendo para ela esticar a soneca e assim colocar pelo menos o sono em dia. Desde o primeiro dia, Thaís dormiu sozinha em seu quarto. Exigência de Fernando, que já dormia pouco por conta de alguns pacientes que ligavam de madrugada. Estela achava bom. Tinha sono leve e teria dificuldade em dormir com os barulhinhos de um bebê noite adentro. Além disso, manter seu quarto exatamente como era lhe trazia conforto. Sentia que algo, algum lugar ali, não havia mudado.

Mas havia. Thaís podia ter sido posta para dormir em outro quarto, mas a suíte do casal nunca mais foi a mesma. Depois de parir, a libido de Estela ficou reduzida à de uma mosca, e Fernando a atraía tanto quanto um sapo. Quando sentia que o marido faria alguma investida, ela dava um jeito de escapar, tossia alto, dizia que estava com uma dorzinha chata aqui, encontrava algo inexistente e urgente para fazer na cozinha. Com o tempo, Fernando foi desistindo.

Quando Estela começou a se recuperar, foi a vez dela de encontrar a parede. Era Fernando quem não queria. Como o ânimo de Estela não era ainda um carnaval, ela foi deixando, e ele também. Ela tinha vergonha do corpo, se trocava escondida. Ele fingia não perceber. Não falavam sobre o assunto; se um dos dois se animava, esperava passar.

O silêncio cresceu e ocupou todos os espaços. A ausência de sexo se espalhou por outras áreas da vida do casal, todas as conversas, todos os carinhos. Eram menos do que amigos, conversavam sobre questões práticas, quase sempre sobre Thaís ou as finanças da casa. Não eram um casal, mas também não tiveram coragem para se separar. Foram levando, Estela ainda era uma garota. Queria ter aproveitado mais. Se tivesse engravidado com trinta, talvez nem tivesse sido de Fernando, vai saber? Ou teria sido, mas poderiam ter criado um laço mais forte. Ela teria tido filho na mesma época que as amigas, talvez até um pouco depois. Acompanhariam juntas o crescimento dos rebentos reclamando das doideiras da nova geração, promoveriam encontros para forçar uma amizade entre as crianças, enfim, ela não se sentiria tão sozinha.

Apesar de tudo, à época, Estela não se deixou abater. Amava a filha profundamente. Irritava-se muito, é verdade, sentia falta da vida antes de virar mãe. Era lembrada diariamente, em cada choro, cada fralda explosiva, cada sono interrompido, que não adiantava se arrepender. No entanto, não se arrastava pelas horas chorando pelos cantos. Fazia o que tinha que ser feito.

O tempo passou, e sua natureza mais pragmática continuou se impondo. Não amava menos, apenas não deixava que o amor a cegasse. Por anos, disse a si mesma que não se importaria se o marido fosse atrás de sexo com outra mulher. Ela desconfiava. Thaís já era quase adolescente quando Estela descobriu a traição. Mais clichê impossível: a secretária. A menina tinha 22 anos, a idade de Estela quando engravidou. Justamente agora que Estela entrava na perimenopausa. E ele não procurava a menina apenas para sexo. A secretária ganhou o afeto de Fernando. Em pouco tempo, ele passou a nem disfarçar. Não falavam abertamente, mas era tudo muito óbvio. A volta para casa após o jantar. As saídas ocasionais de emergência que sempre caíam nos fins de semana. Até que nem satisfação ele dava mais.

Estela não se pronunciava, mas escondia até de si mesma o quanto aquilo destruía sua autoestima. Tentava se convencer de que era tudo aventura de um marido moleque criado pela avó. Mas não conseguiu. Os hormônios não a deixavam mentir. Sentia-se feia, mais gorda do que nunca, a pele menos elástica, as rugas se cavando até diante dos mais bondosos espelhos, a ausência das menstruações sussurrando em seu ouvido que sua função biológica estava chegando ao fim. Até o cabelo mais fino, um odor peculiar, o sexo seco. E as oscilações de humor que chegaram para ficar menopausa adentro. Mesmo sabendo que Fernando se dedicava a um amor jovem e suculento, Estela não foi capaz de se separar. Passou a carregar mais um fardo, o que viria a transformar um azedume passageiro numa amargura permanente. Foi ali que ela endureceu: entre a ausência de lágrimas e a desesperança. E se recusou a envolver a filha no imbróglio porque não suportaria que sua dor de alastrasse para o seu único e verdadeiro amor.

Thaís foi crescendo, a concha foi se abrindo, e a pérola aos poucos migrava. A necessidade de ficar colada na mãe foi diminuindo. Chegou a adolescência, as amigas eram mais importantes. Passava todo o tempo fora de casa. Finalmente havia chegado o momento que Estela temeu por tantos anos: a independência da filha. Não conseguia curtir a liberdade do ninho vazio. Sentia falta de uma Thaís que sentia falta dela. Era quase uma ingratidão. Odiava se sentir dessa forma, foram muitos anos de dedicação quase exclusiva. Queria continuar acompanhando seus passos, sendo sua confidente, seu abrigo, seu farol. Ao mesmo tempo, tinha que deixá-la ir, mesmo que atenta às notas na escola, às drogas que começavam a aparecer nos círculos e, principalmente, aos namorados. Thaís não falava muito sobre o assunto, apenas quando a relação era mais séria. Seu maior medo era que a filha seguisse seus passos, se casasse jovem e tivesse filho cedo, amarrando o burro na árvore errada.

Agora estava diante de uma filha que escolheu viver a mesma história. Ela avisou que era para esperar, mas Thaís quis logo casar, cega de paixão por Victor, um filhinho de papai atraente e imaturo. Quis logo engravidar, tinha expectativas de uma vida ainda mais feliz e completa. Tudo por água abaixo. Doía-lhe a alma ver a filha sofrendo daquele jeito, jovem e solitária com seu bebê, num casamento falido, dependente de um homem de índole questionável, sem perspectivas de voltar a trabalhar. No entanto, mesmo com toda a bagagem, não conseguia empatizar com aquela dor. "Homem é assim mesmo", "a mulher perde o valor quando para de trabalhar", "mercado nenhum aceita mãe de volta", "mulher tem que fazer um esforcinho para se cuidar, senão o marido perde o interesse", as fontes dos clichês vomitados por Estela eram raiva e frustração. Também amor, mas era difícil de enxergar até mesmo por ela. Insistia em culpabilizar a filha e minimizar a traição de Victor:

— Agora, fazer o quê, você tem que engolir isso aí, é ele quem sustenta vocês.

Thaís se levantou de supetão, a ira energizando-a, ocupando o espaço da tristeza.

— Não sei o que aconteceu para você virar essa pessoa amarga.

Estela emudeceu por alguns segundos. Ela também sentia saudade de ter a filha no colo, mas não seria capaz de demonstrar a essa altura do campeonato. Então fez o que sabia fazer: subiu o tom, o dedo em riste, como fazia quando a Thaís criança fazia alguma peraltice.

— Você é sensível demais. Para com o chororô, essa crise existencial que já bastou para todo mundo. Se bobear, até a santa da Rosa não aguenta mais. Você está insuportável e desinteressante. Te falo porque sou sua mãe e você, em algum momento, vai ter que me ouvir. Thaís se jogou novamente no sofá. Mais do que em choque, ela estava profundamente decepcionada. Se ainda havia algo que poderia salvar sua relação com Estela, agora é certo que foi sugado por um ralo que, afinal, de tanto sofrer pressão, tinha desentupido. Tudo descia.

A mãe seguiu com o monólogo, a voz ganhando força:
— Agora não vai ser orgulhosa e virar mãe solteira. É a maior burrada que você pode cometer. Ainda dá tempo de voltar atrás, Thaís. Vocês podem consertar esse casamento.

Thaís não chorava mais. Estava exausta. Voltou a recolher as pernas.
— Eu só queria um pouco de companhia, de apoio, e não esse discurso que vai contra tudo o que acredito e faço. Se é assim, melhor me deixar sozinha.

A mãe não queria que a discussão terminasse daquela forma. Tentou continuar, sem tato, do pior jeito:
— Tenta salvar o seu casamento, filha.

Thaís levantou o rosto que estava escondido entre os joelhos, a raiva voltando a dominá-la.
— Mãe, você não vê que estou destruída? Preciso de apoio. Não tenho mais ninguém. Você não enxerga? Se for assim, melhor a gente se ver outro dia, quando eu estiver de melhor humor e pudermos falar de amenidades.

Estela não respondeu. Deixou o apartamento de Thaís a passos largos. Era horrível ir embora sem se despedir da filha. Na porta, ela titubeou, olhou para a filha chorosa, fez que sim com a cabeça e, entre os dentes, respondeu:
— Um dia você vai entender melhor como a vida funciona.

Thaís deitou no sofá. Faltava-lhe o ar. Ela agora tinha um bebê pequeno, um amor em construção, um marido vivendo um affair e um amor em destruição.

capítulo vinte e um
apesar da sua condição

Por mais impossível que fosse sua vida, após a visita à mãe de Zilda, Erika passou dias agradecendo o que Deus colocou em seu caminho ao longo dos anos. Laura pusera-lhe medo. É o tipo de pessoa instável, imprevisível, que tira o chão de uma pessoa controladora como ela. Refletiu sobre sua própria família. Sua relação com os pais era boa. Tinha seus revezes como qualquer família, mas não podia reclamar. Sempre teve o suficiente, pais que se dedicavam ao trabalho para garantir a escola particular dos filhos, carne na mesa, viagens para outras praias. Aliás, talvez sua tendência workaholic venha do desespero de ser a única provedora capaz de garantir esse mínimo para os filhos.

Sua mãe sabia ser doce e dura. Erika e Leo muitas vezes não precisavam de bronca. Bastava um olhar e já recuavam, mesmo sem nunca terem apanhado. Era um superpoder da mãe que hoje, sendo ela também mãe, Erika valorizava e pedia secretamente para ter herdado. Além disso, era no gesto das mãos sendo enxugadas no avental, no hálito de café, no cantarolar quase inaudível que Erika percebia a doçura da mãe — e a vontade era de segui-la por todos os cantos da casa, acompanhar seus cheiros, seu grudar de chinelo na sola dos pés.

O pai era mais molenga, deixava a mãe assumir as rédeas e ficava com a aura de bonzinho. Em muito essa dinâmica lembra a de Erika e Edu. A diferença é que o pai trabalhava muito, e mal sobrava tempo para saber da vida ou de como são de verdade os filhos. Compensava a ausência comprando pipoca doce no final de semana, para os meninos comerem com a mãe enquanto ele terminava o fechamento da semana aos sábados.

Leo, seu único irmão, parecia ter puxado ao pai, com a diferença de não estar muito preocupado em trabalhar. Pulava de emprego em emprego com um diploma de relações públicas que não parecia lhe servir. Fez faculdade por insistência dos pais, mas trabalhava com vendas sem se preocupar com metas, uma receita de fracasso.

Uma família normal. Capaz de se reunir para uma macarronada de domingo por mês. Quase nunca havia intrigas, apenas uma ou outra alfinetada, em geral entre o pai e Leo. Uma ou outra indireta jogada para Edu, "Como anda a busca? Mercado anda difícil, né?", um tio ignorando o pai e jogando video game com Matheus e Erika irritada com Thomás levantando insistentemente sua saia.

Por isso, nos dias que sucederam a visita a Laura, Erika arrefeceu. Ligou para os pais, para o irmão, tentou ficar mais presente em casa, com Edu e os meninos, e minimizar os exageros de Rangel. Durou uma semana.

De frente para o chefe, Erika tentava convencê-lo matematicamente de que o orçamento apresentado, nos prazos estabelecidos, era inviável. Ela, inclusive, já havia recalculado tudo, mas Rangel não estava aberto a discussões.

— Aí você me quebra as pernas, Erika. Minha decisão é puramente comercial, e é final. A gente vai ter que entregar, porque a diretoria já conta com isso se aceitarem o projeto. — Ele levantou da cadeira, foi até a janela com as mãos nas costas, contemplou os prédios e a ponta do mar que conseguia ver dali.

— Depois você reclama que não tem tempo, que vive estressada, que peço demais de você. Eu não falei para recalcular nada. Se fizesse realmente o que pedi, estaria adiantada na *execução* do projeto. O mesmo que, agora, você está atrasada para entregar.

Erika também levantou, mas não conseguiu responder. A raiva crescia enquanto sentia desmoronar aos poucos a fé que tinha em uma vida mais bem vivida, em uma rotina mais significativa.

— Querida, de verdade, falo porque preciso e porque gosto de você. Quero te ajudar. Mas você tem que dar valor ao cargo que recebeu. Isso significa entregar o que planejamos dentro dos prazos estipulados. — Virou-se lentamente para a funcionária, agora medindo as palavras: — Você sabe melhor do que eu que tem muitas pessoas na sua condição doidas para estar no seu lugar.

— Na minha condição? — Erika controlava o volume, mas seus olhos não disfarçaram a raiva. Quem aquele idiota pensava que era? — Que condição? O que você quer dizer com isso? Qual parte é o meu fraco, a minha "condição"? Mulher? Mãe?

— Olha aí, lá vai você de novo. Hoje em dia, quando um homem branco pisca, ele é automaticamente machista, racista, homofóbico. Está difícil ser homem branco. — Aquilo caiu mal até para o próprio Rangel. Ele logo reverteu a conversa para Erika. — Você não era assim. Te contratei porque sei que você aguenta o tranco, senão não teria te promovido. Você não está valorizando a oportunidade que te dei. E isso é um problema. — Quando Rangel começava a arrumar a papelada que já estava arrumada em cima de sua mesa, era porque estava desconfortável. Ela gostava de vê-lo incomodado com aquela conversa. O chefe tentava finalizar: — Você é uma mulher forte, senão não estaria aqui, na posição que ocupa. Aqui a gente trabalha com meritocracia, e você foi promovida por mérito. Sei que aguenta o tranco.

Erika não estava disposta a deixá-lo sair pela tangente.

— Não é uma questão de "aguentar o tranco" — enfatizou. — Por favor, dê uma olhada nas estimativas que fiz e me diga, como Rangel, não como empresa, se é viável mesmo entregar isso.

A conversa continuava seguindo um rumo complicado, para não dizer perigoso. Rangel tinha noção de que algumas das coisas que falou nessa conversa poderiam justificar um processo trabalhista. E, no Brasil, o funcionário ganha mesmo se não tiver razão. Já Erika conseguiu ver com contornos fortes a sua realidade: todas as contas da casa estavam em suas costas. Ela não podia se dar ao luxo de se demitir.
Foi Rangel quem deu o primeiro passo.
— Desculpa, não foi minha intenção ofendê-la. Você tem razão, na próxima vez eu penso as alocações com mais cuidado. — Erika conseguiu se acalmar. O chefe não mudou os prazos nem o orçamento, mas pelo menos havia reconhecido seu erro. Para encerrar a conversa, Rangel precisava lacrar:
— Numa próxima vez, falo direto com a Ana. Sei que dará o sangue. A menina promete. Ela é nova, mas não sou etarista.

~~~

A relação dos dois azedou por alguns dias, mas não guardaram rancor. Ambos entendiam a necessidade de manter a boa convivência para tornar tragável um trabalho que já era bem estressante.
Ambos chegaram a um consenso "nem tanto ao mar, nem tanto à terra", expressão preferida de Rangel, que era sempre a salsicha num sanduíche cujos pães eram os clientes e os funcionários. O prazo seria ajustado como queria Erika, mas não o suficiente para que pudesse aproveitar seus fins de semana por completo. A assistente tinha vindo para auxiliá-la, mas logo ficou claro: ela virou um pretexto para absorver mais trabalho.
No final da mesma semana, Erika chegou no escritório e encontrou um Rangel eufórico.

— Erikinha, você não vai acreditar. Lembra da reunião com a diretoria de retenção B2C? Aquela que a Ana apresentou? — Claro que ela lembrava, ainda tinha sobrado um gosto amargo. — Pois bem. Com os cortes de custo, o marketing será interno, nosso projeto foi aprovado! — Rangel falava rápido, perdigotos voavam em todas as direções. Erika estremeceu, o coração acelerou e ela viu surgir um bolo na garganta. Ganhar aquela diretoria significaria dobrar o volume de trabalho, que, como estava, já era insustentável.

— Estou vendo que está assustada. É justificável, teremos muito trabalho. Não se preocupe, quem vai liderar esse projeto é a Ana. Com sua supervisão, é claro. — Ele sabia que Erika não gostaria nada e logo acrescentou: — Além de ela ter mais tempo disponível, usá-la para gerir o projeto também significará menos custo para a diretoria. Sem contar que ficaram impressionadíssimos com a apresentação. Eles compraram minha ideia no ato. — A euforia deu espaço ao sóbrio. — Na verdade, a diretoria não queria que alguém que não estivesse na apresentação liderasse o projeto. Acho que pegou mal, querida.

Novamente, Erika paralisou. Estavam no corredor da empresa, ela não queria abrir uma discussão, mas todo o planejamento para ganhar essa diretoria havia sido feito por ela. Foram meses debruçada sobre planilhas, pesquisas, apresentações. Não era justo. Sentia que estava sendo sistematicamente testada para falhar. Para desistir. Dessa vez não conseguiu se conter, era inútil discutir, então extravasou de outra forma: seus olhos se encheram de lágrimas, o queixo tremeu involuntariamente, e ela saiu a passos largos rumo à sua sala, seu refúgio naquele lugar cada dia mais inóspito.

Mal teve tempo para enxugar as lágrimas que agora corriam rápidas quando ouviu batidas na porta. Era odiável, só queria ficar sozinha. Cinco minutos de paz para se recompor era tudo o que ela pedia. Era Ana. A última pessoa, depois de Rangel, que ela queria ver naquele momento. A menina ficou na porta, constrangida, os papéis cobrindo seu dorso como um escudo. Parecia tão desconfortável, estaria mesmo assim ou era puro teatro? Ela era novinha, mas nessa idade, dependendo do caráter, a gente já consegue ter bastante malícia. Erika não estava em condições de enxergar uma menina indefesa. Ali estava um projeto de cobra, dissimulada, pernóstica. A definição de funcionário do ano para Rangel. A definição do ser mais desprezível de todo o mundo corporativo para Erika.

— Olá, Ana, está feliz em ganhar o projeto que eu criei, planejei, executei?

— Erika, eu posso exp...

— Explicar o escambau. Não tem explicação para roubar o projeto de alguém. Você chegou cheia de boas intenções, eu devia ter visto que era teatro. Olha a idiota aqui. Tenho quase o dobro da sua idade e me deixei levar uma rasteira por uma... uma... — Erika travou o maxilar e não completou a frase. Ana começou a chorar, aquele choro dos jovens que ainda não aprenderam a se conter. Pediu licença e saiu da sala. Refugiou-se no banheiro e lá, pela primeira vez, sentou-se sobre o tampo do vaso e questionou-se sobre o que fazia naquele lugar.

Enquanto isso, Clara, secretária de Rangel, bateu na porta de Erika.

— Preciso de um tempo para me acalmar. Não quero falar com ninguém agora.

Clara entendeu que não era o momento, mas voltou a bater na porta trinta minutos depois. Entrou e sentou-se de frente para Erika.

— Não quero me intrometer, mas não pude deixar de ouvir sua discussão com o Rangel e vi o estado da Ana quando saiu da sua sala. Queria que soubesse o que de fato aconteceu.

— Deixa eu adivinhar, você veio aqui proteger a pobre moça.

Clara se ajeitou na cadeira, numa tentativa de diminuir aquele desconforto. Nunca tinha visto Erika assim: combativa, sarcástica. Sabia que precisaria ir direto ao ponto.

— Nós vimos a Ana falando com Rangel sobre a apresentação. Ela estava desesperada. Não só nunca tinha feito aquilo na vida, como sabia que o projeto era seu, não cabia a ela apresentar. — Clara ganhava a atenção de Erika. — Ela me disse que não queria fazer de jeito nenhum, que era injusto, que era seu. Mas o Rangel não pediu, ele a intimou. Ela ficou com medo de perder o emprego e fez.

— E por que vocês não me falaram antes? — Ainda no calor da situação, Erika buscava culpados por todas as barbeiragens que circundavam esse projeto maldito. — Agora sou eu a megera, a descompensada. Acabei de brigar com a Ana, nem dei espaço para ela falar. Fui de injustiçada a algoz em dois palitos.

Clara sabia que deveria ter falado sobre o assunto antes, mas ela também tinha medo de antagonizar Rangel. Melhor do que ninguém ali, ela conhecia o chefe e sabia como mover suas peças.

— Onde ela está? — perguntou Erika.

— Ela estava no banheiro, mas a vi pegando suas coisas para ir para casa.

Erika queria fazer o mesmo, pegar as coisas e ir para casa. Sabia que, em sua posição, não poderia. Mas se deu o raro luxo de usar o resto do dia no WhatsApp com Edu e o Trio.

capítulo vinte e dois
contra*tempo*

O programa do dia era ir até uma relojoaria no shopping. Zilda acompanharia Francisco para trocar a bateria do relógio de pulso, o que muito aliviaria seu patrão — ele tinha o costume de olhar o tempo todo para seu relógio, embora, se fôssemos em seguida perguntar que horas eram, ele tivesse que olhar novamente. Para Estela, seria mais prático que o motoboy resolvesse a questão. Mas ela soube enxergar o quanto era importante para o pai exercer sua autonomia.

Caminharam por algumas quadras antes de o sol ficar ardido, Francisco parecia particularmente cansado, porém contente de ter algo para resolver. Chegando lá, entregou o relógio e recebeu a guia de retirada.

— Quinze minutos, senhor.

Eles agradeceram e se dirigiram à farmácia, onde comprariam alguns medicamentos. De lá — por que não? — iriam à sorveteria preferida de Zilda. Francisco adorava mimá-la quando podia. Era uma forma de se afirmar como alguém além de um idoso que suga energia.

Não haviam notado que, ali perto, um homem os observava. Ele os havia seguido desde o portão do prédio até o shopping. Viu quando o senhor entregou seu relógio, percebeu de longe o valor que parecia ter. Na primeira oportunidade, o homem se apresentou como motorista do senhor e disse que tinha vindo buscar o relógio. Desconfiado, o atendente pediu o papel de retirada. O homem apalpou o bolso, revirou a carteira e tirou de lá uma nota fiscal qualquer. Disse que seu patrão deveria ter se confundido, Alzheimer é uma doença cruel. O atendente continuou desconfiado. Disse que não podia mesmo entregar o relógio.

— Não tem como, amigo, sem a guia o patrão vai ficar furioso...

O homem virou as costas, fez que ia sair da relojoaria, mas deu meia-volta. Teve uma ideia, a última cartada.

— Amigo, você viu que ele estava acompanhado de uma moreninha, não viu? Pois ela é minha noiva. Olha aqui — e Maicon mostrou uma foto no celular dos dois juntos.

— Mas por que ele próprio não veio retirar o relógio? — perguntou o rapaz.

Maicon havia pensado em tudo:

— Viu que entraram na farmácia? Viu a fila que está lá dentro? Este senhor, talvez você não o reconheça, já foi galã de novela, ator de cinema. Não tem tempo para essas coisas. Só veio trazer o relógio aqui porque eu precisava levar seu cachorro para o banho e tosa no pet shop. Agora pediu para eu buscar, mas perdeu o papel para a retirada. — Maicon pensou mais um pouco, daria o golpe final, que até, nesse caso, era verdadeiro: — Do que mais você precisa? Que eu vire branco?

Maicon tinha uma lábia tão convincente, mentia de forma tão natural, que o atendente, por fim, entregou-lhe o relógio. Afinal, a moreninha que acompanhava o senhor era a mesma da foto.

Alguns minutos se passaram, e uma onda gelada percorreu a espinha do atendente ao ver Francisco e Zilda caminhando em direção à relojoaria. O relógio teria parado de funcionar? Ou, pior, vieram buscar o relógio que ele havia entregado a um desconhecido?

De fato, quando Zilda e Francisco chegaram ao balcão, a informação de que o relógio havia sido levado não fazia o menor sentido. Como alguém entrega para qualquer pessoa, mesmo sem a guia, um objeto tão valioso? O pobre rapaz gaguejava.

— Mas era seu noivo! E motorista do senhor!

— Que motorista? — disse Francisco.
— Que noivo, menino, eu lá tenho noivo? — disse Zilda.
— Mas ele me mostrou a foto no celular.

O atendente era bem jovem, talvez fosse seu primeiro emprego, talvez viesse a ser sua primeira demissão, estava à beira das lágrimas. Francisco sentiu-se desorientado, e Zilda não podia ser de grande ajuda naquele momento, ela também estava tentando juntar as peças. Somado ao desespero, Zilda sentiu a vergonha e a raiva encherem seu peito, um peso vivo sobre o estômago. Claro que era Maicon, quem mais? Era a cara dele. Sem conseguir levantar o rosto, Zilda mostrou uma foto do pai de Lua e o atendente confirmou, era aquele o rapaz. Era o pior pesadelo de Zilda acontecendo. E como tudo sempre pode ficar pior: Estela, estranhando a demora do pai, chegou para buscá-los.

Zilda gaguejava, tentando explicar:

— Dona Estela, não é nada disso que a senhora está pensando. A senhora vai ver que realmente não tenho culpa.

Mas a fúria de Estela só crescia. Francisco já tinha ouvido as histórias do rapaz e tinha um olhar mais compreensivo — mas noivo? Disso não sabia. O atendente, tentando se justificar, piorava a situação de Zilda dizendo que ele entregou o relógio para o noivo da menina, como podia saber que era um bandido?

— Então você tem noivo? E é bandido? Como você não fala nada e quer que eu entenda qualquer coisa? Como pôde expor meu pai, expor todos nós? Tinha que vir da ingênua da Thaís — bradou Estela.

O asco de se imaginar noiva de Maicon foi mais forte que o medo que sentia de Estela e a vergonha que sentia de Francisco.

— Ele não é meu noivo! Nunca foi nem namorado! Eu não tenho noivo! — Ela começava a explicar que Maicon era apenas o pai de Lua, uma aventura infeliz de que ela se arrepende, alguém que, se dependesse dela, nem teria sabido do nascimento da filha. Um homem deplorável, mulherengo, uma criança malcriada. Estela continuaria com seus impropérios, mas a confusão evoluiu quando um segurança do shopping chegou agarrando Maicon pelo braço.

— Acho que é esse o rapaz que vocês procuram.

Um homem branco talvez passasse despercebido na movimentação, mas Maicon estava acostumado a ser alvo de observação, em especial por seguranças, ao longo da vida. Nem se sentiu intimidado, aquela havia sido apenas mais uma manifestação de racismo, ele sabia, mas com o adicional de que, nesse caso, era de fato o bandido que procuravam.

A essa altura, já havia muita gente curiosa ali. Estela já tinha fechado a narrativa em sua cabeça: Zilda tinha se aproximado de Thaís com esse plano desde o começo. Era uma quadrilha que quase deu certo.

— Você acha que eu nasci ontem, garota? Vocês combinaram tudo. Só não imaginaram que o plano daria errado. — E virou-se para Francisco: — Viu só, pai? Você e a Thaís com a intuição certeira de vocês, olha só no que deu.

Num ímpeto de autoridade, Francisco pediu para Estela se calar. Podia estar velho, cansado, às vezes confuso, mas viveu toda uma vida confiando e acertando com sua intuição. Ele sabia que Zilda também era vítima. De sua parte, Zilda respondeu a Estela olhando para Francisco:

— Eu juro para o senhor, pela minha filha, que eu não sabia de nada. Ele é meu ex... ex-alguma coisa, ex-nada, é só o pai da minha filha, um perdido, coitada da minha Lua. — Zilda soluçava. Além da vergonha, o ódio a inflamava. Olhou para Maicon com desprezo. — Não esteve nem no nascimento da própria filha. Sumiu logo que engravidei e agora está de volta querendo arruinar a minha vida. — Maicon continuava olhando para o chão, e Zilda, já alheia a tantos olhares sobre si, se exaltava cada vez mais: — Por que você fez isso comigo, Maicon? Eu preciso do emprego para cuidar da Lua. Você sabe disso. Você não ajuda com nada e eu nem peço mesmo, por que não me deixa em paz? Por que não some de novo, só que agora de vez?

Olhando nos olhos de Maicon, a voz embargada de nervoso, Francisco disse ao segurança que tudo tinha sido um grande mal-entendido. Maicon entregou o relógio de cabeça baixa. Não havia remorso, apenas irritação com a própria incompetência. Ao liberar o segurança, Francisco falou a Maicon que essa seria sua última chance, que ficasse longe das meninas, na próxima vez haveria polícia.

Estela ainda esbravejava, chamava Zilda de "coitadinha" em tom jocoso. Queria justiça, muito além da demissão. Francisco e Thaís teriam um árduo trabalho, mas tinham fé de que, eventualmente, conseguiriam fazer Estela entender o que de fato tinham certeza de que havia se passado.

Zilda voltou a si. Caminhou para longe da comoção, sentou-se zonza num banco. A vergonha mais uma vez a invadia. Era muita humilhação. Ela entendia Estela.

Como justificar que não tinha participado daquele evento infeliz? Afinal, Maicon era o pai de sua filha. Como ganhar de novo a confiança da patroa, que havia confiado nela a tanto custo? E o que dizer de Francisco, ao seu lado mesmo sem provas? O que pensará Thaís?

capítulo vinte e três
trio

Suzana trouxe um chá para acalmar a amiga, mas parecia impossível. Justo Zilda, sempre tão correta e honesta.
— Que absurdo tudo isso, como esse canalha pôde fazer isso com você?
Zilda parecia não ouvir.
— Acabou, Su. Acabou tudo. Tudo por culpa dele.
— Calma que a gente vai pensar juntas. Ainda não acabou nada.
— Acabou, sim. O seu otimismo incondicional é bem-vindo 99% do tempo. Agora não. Agora preciso lidar com a realidade. Como vou provar minha inocência? Acho que nunca passei tanta vergonha. — Zilda cobriu o rosto. — Você precisava ver a cara da dona Estela.
Parecia que a madame esperava que acontecesse algum incidente, uma forma de estar certa lá no início quando achou que Zilda era encrenca e se opôs a contratá-la. A patroa, ficou evidente, estava quase feliz com aquela confusão.
Suzana a ouvia em silêncio. Quis gritar que ninguém ali conhecia sua amiga, que Estela e Francisco e Thaís poderiam explodir, que Maicon tinha que ser o primeiro a queimar, claro. Ninguém ali entendia quão impossível era aquela situação, quão absurda era a ideia de Zilda ter sido desonesta. Por mais que estivesse se mordendo de raiva, louca para dar seus pitacos, Suzana entendeu que se pronunciar, naquela hora, seria egoísmo. Seria dar vazão ao seu próprio rompante sem levar em conta como estava sua amiga. Zilda precisava processar o incidente a seu modo, e Suzana não podia fazer nada, exceto engolir o caroço.

Zilda respirou fundo, como se com isso as ideias fossem se assentar melhor.

— Tudo bem que ela faz as coisas da pior forma possível, me desconsiderando, desrespeitando, mas se coloca no lugar dela. Até eu desconfiaria.

E falaram de Maicon, da estrada que ele escolheu, de "como pude ser tão ingênua, Su", de "traste tóxico é assim mesmo, Zil, pelo menos ele não sabe onde você mora". Então tocou o interfone, e as duas se olharam incrédulas. Não esperavam ninguém.

— Será que ele já descobriu onde a gente mora?

Medo e ira tomaram conta das duas. Apertaram forte as mãos, poderiam passar por aquilo juntas e colocar o homem para correr. No entanto, não era Maicon. Erika e Thaís, com o pequeno Bento, estavam lá embaixo, esperando que abrissem a porta do prédio.

Foi Suzana quem as aguardou na porta, um misto de curiosidade (era a primeira vez que via as novas amigas de Zilda), desconfiança e prontidão para defender a amiga. Ela seria a barreira se necessário fosse, se Thaís tivesse vindo tirar satisfações. Zilda permaneceu no sofá, olhando os próprios pés.

— Viemos assim que soubemos — disse Thaís. — Tem coisas que não dá para discutir em grupo de WhatsApp. A gente sabia que você não responderia, e decidimos vir sem avisar mesmo.

Ela se adiantou, sentou-se no sofá sem ser convidada e abraçou Zilda. No início o abraço de Zilda era tenso, desconfiado. Depois, percebendo a desenvoltura da amiga, se deixou enlaçar. Erika logo se juntou às duas.

— Estou péssima. Me sentindo tão mal, tão culpada por tudo o que aconteceu — disse Zilda. — Seu avô não merecia ter passado por todo aquele estresse, nem a sua mãe.

Quando percebeu que as amigas tinham vindo acolhê-la, a vergonha foi escorrendo do corpo. Zilda esbravejou — mas Thaís já sabia, através do avô — sobre a falta de caráter de Maicon. Thaís tranquilizou a amiga de que tudo estava esclarecido com Estela. A mãe era um leão, mas era boa pessoa. Conseguiu enxergar com mais clareza. Era capaz que passasse uns meses meio bodeada, desconfiada, no pé. Era esperado, Estela era assim. De todo modo, Zilda sempre se sentiu espiada, então nada mudaria, e era tão correta que alguém no seu pé não a preocupava, embora incomodasse um pouco.

Na primeira brecha, Erika e Thaís se apresentaram a Suzana.

— Que prazer conhecer você — disse Erika. — Pelo que a Zilda conta, todas nós merecemos uma amizade assim.

Suzana enrubesceu. Como era difícil e maravilhoso ouvir esses elogios, sentir-se a sorte na vida da Zilda. Conversaram sobre trabalho, situações inusitadas e constrangedoras; incrível como mulheres tão diferentes haviam passado por sentimentos tão semelhantes ao longo da vida, em geral permeados por uma culpa, muitas vezes sem fundamento. Era como se ela já existisse ali e só esperasse ser acionada.

Naquele ambiente seguro, Thaís compartilhou sua "mais nova culpa".

— Acreditam que me senti culpada por descobrir bem no meio do meu puerpério que estou sendo traída? Vocês acham isso normal? — Todos os queixos caíram. — Foi alguns dias atrás. Além da culpa, a vergonha não me deixava falar. Eu não queria sair da cama, tinha vergonha da minha vida, de quem eu era, do que causei ao meu marido para que ele me traísse. Olhem que loucura?

Erika pegou embalo:

— Eu estou me sentindo culpada porque achei que minha assistente tinha passado a perna em mim. Não tinha como achar diferente pelo que aconteceu, mas estou me martirizando com isso mesmo assim. Tratei a menina como cachorro, tadinha.

— Estão vendo? Três mulheres e em menos de três minutos de conversa descobrimos três culpas novinhas em folha — concluiu Thaís. As amigas concordaram com um sorriso.

— Se fôssemos montar uma escola de samba, se chamaria Unidas da Culpa Materna. — Thaís olhou para Bento, que, depois de muito mamar, dormia profundamente. — Olha lá, mais uma culpa quentinha: eu adoro quando o Bento dorme. A-do-ro.

As três caíram na gargalhada. Zilda interveio:

— Eu também adoro ver a Lua ressonando como se estivesse em outro planeta, um pouco de desgrude é maravilhoso.

— Pois lá em casa eu adoro em dobro — disse Erika.

Suzana, ainda um pouco tímida, aos poucos se aproximou do círculo.

— Culpa mesmo eu deveria sentir quando tiro um ou dois dedos a mais de cabelo se a cliente trata mal alguma funcionária no meu salão. Mas não sinto. — E riram mais, cúmplices em suas humanas culpas, unidas num reconhecimento silencioso de que aquela sintonia precisava ser preservada, era muito rica.

— Eu amo conversar com vocês, não me sinto um ET, uma mãe de merda — disse Thaís. — Ver vocês trabalhando, conciliando maternidade com carreira está até me inspirando a voltar para o trabalho.

Erika sorriu. Tinha opinião formada nesse assunto.

— Eu acho essencial. Trabalho, para mim, está intimamente ligado a quem eu sou. Sei que é algo bem pessoal, mas se seu coração despertou para isso, escute. No seu tempo, você pode voltar.

— Para mim também é fundamental — afirmou Zilda. — Primeiro, porque preciso da grana; segundo, porque eu respiro, volto melhor para casa, para a Lua e a Su. Menos hoje, né? Hoje voltei pior.

Thaís não deixou a peteca cair.

— Fica tranquila que eu vou te ajudar. É o que mais gosto de fazer. Não é à toa que escolhi a psiquiatria, sempre me realizei ao escutar meus pacientes e sentir que faço diferença na vida deles. Agora não faço diferença na vida de ninguém. Quer dizer, só do Bento.

— Só do Bento? Isso já é muito, Thaís — disse Erika. — Já eu faço a diferença na saúde financeira da empresa onde trabalho, mas tenho feito cada vez menos diferença na vida dos meus filhos. — A voz falhou, e ela mudou de assunto: — O meu problema é que faço o oposto de vocês. Vocês cuidam. Sabem cuidar. Eu tenho dificuldade de ouvir o outro, sou pilhada, foco os projetos e esqueço do mundo em volta. O exemplo da Ana não me deixa mentir. Queria poder ter esse dom de ouvir mais as pessoas, principalmente as mulheres.

Fez-se um breve silêncio. Cada uma estava absorta nos próprios pensamentos sem saber que, de certa forma, convergiam. Erika, com seu olhar de empresária, foi a primeira a se manifestar:

— Sabe de uma coisa? Essas trocas que temos, essa identificação, muitas mães amariam sentir isso, adorariam poder trocar com outras mães também. Será que não vira um negócio? E imagina nós, sócias? Temos fortalezas diferentes e importantes, complementares. Posso ser cega para muita coisa, mas visão de negócio eu tenho.

— Já pensou? — disse Thaís, imaginando uma volta ao trabalho diferente da que ela pensava. — Seria incrível.

— Eu não consigo nem sonhar, só penso nos boletos — disse Zilda. — Não posso investir em nada, mas, se for para cuidar, eu acho que toparia.

Zilda pensou no Francisco, olhou para Thaís, que também pensou no avô, mas fez que sim com a cabeça, estimulando a amiga. Torcia para que ela pensasse mais em si. Francisco ficaria bem. Era um doce de idoso, encontraria outro cuidador facilmente e comemoraria com Zilda seu crescimento.

Ali, três realidades distintas buscavam suas próprias identidades na vida pós-maternidade. Sonhavam, imaginavam, divagavam. Eram formas de lidar com essa espécie de luto. A morte de quem foram. E a necessidade de se reinventar e se redescobrir. A árdua tarefa de renascer.

capítulo vinte e quatro
a lembrança do parto

Suzana arrumava o cabelo de Zilda pensando no quanto amava sua pessoa favorita no mundo, no quanto aquela injustiça toda tornou esse sentimento mais evidente. É como se o incidente tivesse vindo para mostrar a Suzana o lugar inabalável de Zilda em seu coração. Mas não era só isso. Tinha uma eletricidade diferente que passava em seus dedos. Não era choque nem medo. Era uma onda elétrica que ela torcia para que Zilda também sentisse. De sua parte, Zilda aproveitava aquele momento para relaxar. Os penteados de Suzana a deixavam linda, mas curtia mesmo o cafuné que vinha embutido.

No meio da noite, Zilda acordou assustada de um pesadelo. Nada relacionado a Maicon; os pesadelos recorrentes tinham a ver com o parto de Lua. Um assunto que ela não lembrava direito, nem tentava lembrar. No dia seguinte, Suzana, que havia acordado com o sobressalto da amiga, puxou assunto.

— Você teve um pesadelo no meio da noite, está lembrada? Balbuciou algo como se tentasse impedir que um doutor chegasse perto da sua barriga. Aconteceu alguma coisa no parto que você não me contou? Quando tentei tocar no assunto você desconversou...

— Tenho medo de falar e tornar o pesadelo real. Tenho medo de, falando, lembrar de tudo — disse Zilda, o olhar vago na louça na pia. — Lembro do médico meio grosseiro comigo, mas a gente não pode esperar que as pessoas nos tratem bem sempre, né? Vai saber o que ele tinha passado no dia. Lua nasceu de noite, ele pode ter tido um dia cheio e...

Suzana não aguentou e a interrompeu:

— Zilda, eu quero deixar você falar, mas pelo amor de Deus, mulher, todo mundo merece ser bem tratado, especialmente mães em trabalho de parto. Se o médico é incapaz de fazer isso, ele está muito errado. Normal é ser bem tratada! Anormais são o Maicon, a sua mãe, esse dito doutor. Seus exemplos na vida parecem ter normalizado os maus-tratos.

Zilda se retraiu, como que esfolada. Ela tinha esse costume de se colocar demais no lugar dos outros, mesmo que se anulasse com isso. Queria só falar, sem ouvir os palpites duros da amiga. Suzana percebeu, se recompôs, recomeçou:

— Me dá um exemplo do tratamento que você recebeu?

Zilda procurou as palavras que teimavam em lhe escapar.

— Ele falou alto que eu não estava fazendo força o suficiente e que ele não tinha a noite inteira para esperar um bebê nascer. Estava impaciente, disse que o hospital estava lotado, não podia ficar preso ali se eu não sabia fazer força.

Suzana pegou a mão da amiga com as duas mãos e esperou, contendo a fúria que a faria vomitar impropérios contra o maldito médico. Zilda começou a chorar, e as lembranças vieram num ritmo cavalar. Logo se recordou da manobra em que o médico empurrou sua barriga e da dor que sentiu, de tudo o que a dor apagou, da visão de um quarto compartilhado com outras puérperas e uma bebê ao seu lado. Parecia que havia perdido uma eternidade para chegar de um instante ao outro. Ao nascer, Lua não tinha nome nem mãe.

Ninguém imagina viver uma violência num momento tão especial quanto dar à luz. As fichas iam caindo na mesma velocidade das lágrimas. E agora, o que fazer com essa lembrança dolorosa que saltou do pesadelo para a realidade?

Após ouvir a amiga, Suzana foi categórica: Zilda deveria denunciar o absurdo. Aquilo era violência obstétrica, aquele cara tinha que pagar caro, por Zilda e por outras mulheres que vieram ou venham a passar por isso. Mas o medo de Zilda era dizer a verdade e ninguém acreditar. Ela teria se esfolado por nada. Sabia que uma denúncia dessas significava reviver o ocorrido e ser invalidada diversas vezes. Essa força ela achava que não tinha. Psicológica ou financeira. Essa briga, concluiu, deslocaria uma energia e um gasto com advogados que hoje ela não poderia despender. Já bastava o rolo com Maicon. Já bastava o puerpério.

Suzana, no entanto, não deixava o assunto minguar.

— Como assim, "deixar quieto"? Vamos correr atrás. Eu te ajudo. Não dá pra deixar isso te assombrar pra sempre. Essa dor precisa te deixar viver.

Zilda chorava, mas não era só a emoção de reviver seu pior pesadelo. Ela sabia que Suzana tinha razão. Precisava de uma força que não tinha em si. E foi só porque a amiga a pegou pela mão e a arrastou à delegacia que ela prestou queixa. Ninguém ali parecia surpreso. A denúncia de Zilda parecia mais uma entre muitas. Nem um levantar de sobrancelhas. A escrivã apenas registrava tudo e ia abrindo o BO com a eficiência de uma criança contrariada. Zilda tinha vontade de chorar, não só por ter que relembrar tudo, mas por ver sua violência neutralizada, compartimentada e arquivada — até mesmo minimizada, porque denúncia sem exame de corpo de delito não era tão "valorizada", e porque não havia provas e dificilmente as enfermeiras concordariam em depor. A intenção de Suzana havia sido a melhor, mas ela não tinha ideia do que era lutar contra o sistema.

Por essas e outras, Zilda também sentia-se só ao lado de Suzana. Ela não entendia. Ao saírem da delegacia, explodiu em choro sua revolta e derrota.

— Ter vindo foi um erro. O que eu achava que fariam: me dariam um troféu pela coragem? Ninguém denuncia nada, eu pari num hospital público, tenho que agradecer por ter sido atendida. Você não faz ideia de como tenho medo de que algo aconteça com a Lua. Estou o tempo todo tentando protegê-la. Eu sou a única pessoa com quem ela pode contar.

Suzana sentiu a bofetada.

— Está certo, então. São só vocês duas.

Zilda percebeu no ato a magnitude de um erro bobo. Não era nada daquilo. Suzana era seu pilar. Mas não podia cobrir a amiga para sempre. Ou podia? Zilda não sabia dizer e, apesar da amizade sólida que construíram ao longo dos anos, não sentia que era algo que pudesse perguntar. O que ela entendeu naquele momento era que as mesmas palavras que desatam nós podem emaranhar novas linhas.

— Preciso abrir o salão — disse Suzana, de repente apressada.

Zilda foi atrás da amiga, não queria encerrar a conversa daquela forma. Mas as palavras pararam na garganta, um simples "me desculpa" não funcionaria. O buraco que tinha cavado era bem mais embaixo. Que dias difíceis eram aqueles em que tudo parecia desmoronar... E com o fim daquela conversa — Zilda sabia, estava conformada — a violência que havia sofrido no parto virou apenas estatística.

capítulo vinte e cinco
dia de vitória

Thaís estava sentada na privada, esperando a banheira encher. A mão na cabeça, os cotovelos na coxa e o peso insuportável da solidão sobre os ombros. A ideia era relaxar, amolecer os músculos tensos, flutuar. Esperou a banheira se encher como um útero e se deixou afundar. O banho relaxante virou um redemoinho de lágrimas e soluços. Fazia tempo que Thaís não chorava com tanta intensidade. Precisava mesmo ser adulta e acabar com um casamento? Sua mãe diria que justamente acabar com um casamento é que era infantil. Mas Thaís não queria, talvez nem conseguiria, engolir aquelas águas turvas e aceitar uma vida infeliz.

Enquanto ela se desmanchava, enrugada como um feto, inchada de um choro quase desesperado, Victor a traía dia e noite, fingindo jantares, almoços, reuniões, viagem a trabalho. De olhos fechados, ela submergiu. Em poucos segundos foi inundada por lembranças que pareciam pertencer a outra pessoa. Ela correndo na praia sem culpa. Ela atendendo um paciente em seu consultório. Ela vestida de noiva, o buquê voando pelo ar. Ela na Itália. Ela chorando com o primeiro ultrassom e os batimentos cardíacos de Bento.

Quando o fôlego acabou, ela já pressentia. Bento, que sempre a chamava para a realidade, chorava. Ela saiu da banheira atrapalhada, se enrolou num roupão e, ainda pingando, correu até o quarto dele. Quando o pegou no colo e o viu se acalmando no ato, se permitiu chorar diante do filho. Até isso ela tinha medo de fazer.

— Mamãe está aqui. Pra ser sincera, não está tudo bem, mas vai ficar tudo bem. Shhh, shhh... Mamãe está aqui, não está tudo bem, mas vai ficar tudo bem. Shhh, shhh... — Bento parecia se acalmar. A pequena mão, quente e grudenta, cheia de fiapos colhidos por aí, envelopou-se ao mindinho escorregadio de Thaís. Ela carregava seu mundo inteiro. O som e o colo e o corpo todo, uma continuação.

Thaís esperava. Fazia isso bem. O filho já tinha mamado, brincado, tinha sido trocado, estava pronto para dormir novamente. Pouco tempo depois, a porta se abriu. O buquê de flores chegou antes do sorriso dele. O segundo buquê em tão pouco tempo? Thaís queria acreditar que, se não tivesse testemunhado o marido com a amante, aqueles gestos tão raros acontecendo tão próximos já despertariam uma forte desconfiança. Depois do sorriso, entrou em casa um homem bronzeado. Depois dele, sua bagagem. Thaís não estava com raiva. Estava cansada e decepcionada. E com um pouco de nojo.

— Cheguei, minha linda! Me dá um abraço? Fiquei preocupado, você não responde minhas mensagens. Está tudo bem?

— Victor percebeu que a esposa havia chorado. — O Bento está bem? Sua mãe? Aconteceu alguma coisa?

Thaís esperou que Victor se calasse. Saboreava aquele desespero do marido, por mais efêmero que fosse. Sabia que havia um gelado no peito dele, uma desconfiança de que tinha sido pego no pulo.

— Eu vi.

— Viu o quê, Thaís?

— Não me faça de idiota mais uma vez.

Victor emudeceu, o gelo se espalhando espinha acima. Como era possível? Tinha tomado todas as precauções.

— Eu vi. Vi a mulher dentro do táxi, vi você entrando no carro e beijando a boca dela. Eu vi. Foi horrível. Foi asqueroso.

Sem ter para onde fugir, Victor tentou se justificar.

— É que eu fiquei inseguro quando Bento nasceu e me senti jogado de escanteio — disse. — Sou um bosta, você é muito melhor do que eu. Eu fraquejei, me perdoa.

Thaís ignorou as palavras de novela, que agora saíam aos borbotões.

— Você a ama? — ela interrompeu.

Nesse momento, Victor se ajoelhou e fez que não freneticamente. Disse que percebeu na viagem quão errado estava e que tudo não passava de uma fuga da realidade.

— Você é a mulher da minha vida! Aquela lá não é ninguém perto do que temos! — Era todo exclamações: uma novidade, já que um dos maiores pontos de conflito entre os dois eram o excesso de ironia e a falta de comunicação de Victor.

Thaís, geralmente emotiva e eloquente, estava apática, e isso assustava Victor.

— Se isso é verdade, você fez a mulher da sua vida se sentir a pior do mundo. Está de parabéns.

O discurso do marido veio como manda o figurino: promessas de melhorar, implorando perdão pela família, por Bento, pedindo ajuda para se tornar um homem melhor. Thaís seguiu cética:

— Não sei se dá pra consertar a gente. O Bento merece que estejamos bem. Eu não tenho uma decisão agora, mas sei que não vou permitir que você me machuque mais.

Ele repetia que o affair tinha acabado, e o som simplesmente atravessava seus ouvidos. Não havia acreditar nem desacreditar. Estava com sono demais para aquilo.

~~~

No dia seguinte, quando Thaís apareceu na sala, o café da manhã estava pronto. Tudo meio esquisito. Seu café estava sem leite, ovos mexidos de menos, pão torrado demais. Estava na cara que não tinha sido Rosa quem havia preparado. Victor surgiu da cozinha com um sorriso imenso e branco, os lábios carnudos que outrora ela adorava beijar e agora nem podia chegar perto, sugerindo um almoço de casal como nos velhos tempos. Thaís desviou o olhar, mas concordou com a cabeça. Aquele era um primeiro passo. Mas foi só deixar que ele tocasse sua mão, o celular apitou com mensagens. Uma atrás da outra. Ele olhou de canto de olho, o rosto impassível porque sabia que estava sendo estudado. Mas qualquer movimento, qualquer piscada, qualquer respiração exasperada parecia mentira. Aquele despontar de recomeço tinha cara de fim.

Ao voltar para casa após a manhã de trabalho, Victor estava empolgado. Tinha feito reserva no restaurante favorito dos dois, o mesmo em que pediu Thaís em casamento e agora planejava entregar um anel conciliatório comprado às pressas. Ficaria tudo bem. No entanto, chegando lá, Rosa informou que Thaís havia saído por algumas horinhas, que almoçaria com amigas. E quando ele tentou ligar para ela, num misto de tirar satisfação com necessidade de continuar se redimindo, ela não atendeu. E quando Victor, fulo da vida, voltou ao trabalho, Rosa mandou uma mensagem para Thaís e só então ela voltou para casa para almoçar. Foi mais forte do que ela. Não é que Thaís quisesse deixar o marido esperando para puni-lo — era um pouco isso também —, mas a verdade é que ela não teria estrutura para ficar ao lado do marido por uma hora. Uma hora ouvindo amenidades, porque Victor não iria querer "estragar" o almoço. Uma hora sorrindo amarelo, comendo pratos bonitos de nomes difíceis, se sentindo na obrigação de elogiar e agradecer. As mensagens sucessivas no celular eram daquela loira. Ela viu a foto. Era ela. A do carro. A do sorriso. Será que ela fazia ideia de que Victor era casado e tinha um filho? Talvez estivesse, também, vivendo uma mentira.

Desaparecer antes daquele almoço foi, mais do que proteção, empoderamento. De repente, o que era peso virou suporte. Era ela mesma aprendendo a ficar de pé e confortável em seu próprio tamanho. Deixou o celular no silencioso e seguiu tarde adentro colecionando chamadas não atendidas. Será que até o final do dia chegariam a vinte?

Não eram nem sete da noite quando Victor embicou o carro na garagem. Buzinou, buzinou de novo. Como o porteiro não abria o portão, saiu do carro já com os braços abertos de indignação. Zé apareceu sem jeito, disse:

— Foi mal, mas dona Thaís havia proibido o senhor de entrar. — Tentando preencher o silêncio embasbacado de Victor, continuou: — Sabe como é, mulher braba a gente nem desconversa, só sai de fininho.

Victor não sorriu nem de canto. Havia duas malas ao lado do Zé. Duas malas dele. Ele ligou para a mulher que, dessa vez, atendeu. Exaltado, perguntou o que estava acontecendo, o que tinha feito dessa vez, por que não podia entrar. Thaís esperou que ele terminasse a verborragia para deixar tudo às claras:

— Nosso casamento acabou, Victor. Eu vi as mensagens da sua amante, sei que vocês estão juntos. — Ela pausou, ele não intercedeu, ela prosseguiu: — Não tenho mais saco para escutar discurso mentiroso. Vá para a casa dela, isso se não for casada. Esse apartamento é meu, está no meu nome. Logo mais meu advogado vai te procurar para acertar os detalhes.

Victor entrou em desespero — então podia ser verdade aquilo, Thaís realmente poria fim ao casamento. Romperia o laço dos três. Só não poderia deixar de vê-lo para sempre porque havia Bento. Ele seria sempre pai do seu filho. Ela não ouvia mais as respostas, apenas atentava para as leves cócegas crescendo em seu peito. Diante de Bento, sentiu um alívio grande e uma certeza de que já estavam conseguindo, mãe e filho, atravessar aquela onda gigante, apesar dos caldos que ela sabia que viriam.

capítulo vinte e seis
um *dia* bom

O ouvido apurado para a chegada de Ana não permitia que Erika se concentrasse. Uma silhueta encolhida bateu de leve, pedindo licença para entrar. Tudo passava pela cabeça da menina: desde uma bronca até uma demissão, ela sabia que estava prestes a enfrentar uma situação aversiva. Entrou se desculpando, toda gestos, toda olhos arregalados tentando se expressar. Erika a interrompeu com um levantar de mão. Ana engoliu em seco e conteve a enxurrada de palavras que tinha ensaiado tantas vezes no dia anterior. Lá vinha.

Erika também tinha ensaiado no dia anterior. Também tinha sua enxurrada, que falaria com a maior delicadeza possível.

— Fiz uma leitura errada do que aconteceu e te julguei mal. Me desculpe, você foi pega em fogo cruzado, mal chegou aqui e já teve que segurar cada bomba...

Ana levantou a cabeça e olhou a chefe nos olhos pela primeira vez, as lágrimas mal contidas, a perna bamba.

— Eu estava preparada para ser mandada embora — disse.

— De forma alguma. Ainda não sei como vou falar com o Rangel, mas para mim, agora, o mais importante é me esclarecer com você — disse Erika. — Nos conhecemos há pouco tempo, mas trabalhamos bem juntas. Você é ótima. Um achado mesmo. Não posso permitir que um erro meu estrague essa parceria promissora.

Ana ficou aliviada, o peito invadido por uma mistura de alívio e vaidade. Quando Rangel pediu que fizesse a apresentação, havia ficado angustiada. Ela deveria ter comemorado a oportunidade de mal entrar na empresa, mal entrar no mercado de trabalho e já receber uma oportunidade daquelas.

Mas, sentindo cheiro de abuso, fez o que Rangel havia mandado com um bolo na garganta. Achou a atitude do diretor antiética, mas era peixe pequeno e novata, precisava daquele emprego, se opor estava fora de questão. Conversando, entenderam como Rangel foi cultivando espinhos entre as duas, fazendo crescer desde o início uma competição desnecessária. E que comunicação entre elas seria fundamental para evitar futuros mal-entendidos. Erika, enfim, tinha se livrado de parte do fardo que vinha carregando: um sentimento de ter sido algoz de uma grande injustiça. Restava agora Rangel: como agir com um chefe daqueles? Porque algo teria que ser dito, não dava para colocar panos quentes e esperar que fosse diferente numa próxima vez.

~~~

O incidente todo com Rangel e Ana veio para abrir os olhos de Erika. Por que se desgastar daquela maneira com um trabalho que não a valorizava de verdade? Aquela história de promoção foi uma grande cilada de Rangel para entupi-la de trabalho e ganhar, ele, uma nova assistente. E por que satisfazer Rangel, de todas as pessoas? Um cara narcisista e machista? Tudo isso enquanto sua família caminha e evolui sem que ela esteja por perto. Não mais. Estava decidido. Às sete da noite, toque de recolher. A caneta cai, a cadeira roda, os saltos fazem seus clique-claques e todo mundo saberia que era ela, na sua hora de ir para casa.

Os pequenos já dormiam, e, como era terça, o combinado era que os adultos não assistiriam a uma série, deixariam os celulares na mesa de entrada. Naquele dia conversariam, talvez viessem a transar, dormir cedo para estar bem no dia seguinte. Mas naquela terça a conversa foi diferente do usual. Edu traçaria um ponto de partida inusitado, com o qual Erika não contava.

— Lembra daquela entrevista de duas semanas atrás? Aquela que eu jurava ter sido um fiasco? Pois me ofereceram a vaga. O pacote é fantástico, vou te passar detalhes, vamos discutir o assunto e chegar à conclusão de que eu fiz bem em confirmar que começo em dez dias.

A notícia, inesperada e tão esperada, deixou Erika muda em êxtase. Tinha dezenas de perguntas. Como fariam para se organizar em dez dias? Com quem deixariam os filhos fora do horário escolar? Qual o salário, qual a função, quais os horários, será que não haveria alguém tirando vantagem de Edu, um cara tão ingênuo e positivo, que não vê maldade nos outros?

Mas, sim, mesmo tentando computar a informação em toda a sua complexidade, Erika se deixou extasiar. Abraçou Edu com toda a sua força, encheu-o de beijos por todo o rosto até ele rir e desviar dos excessos, tão raros e um pouco assustadores na mulher. Com o passar dos minutos, com a empolgação de Edu, as dúvidas que a estressavam foram deixando seus ombros. O salário, o horário, a função, tudo parecia certo, honesto. Com Edu de volta ao trabalho, Erika poderia novamente escolher. Não precisaria seguir caminhando com sapatos apertados numa estrada tão sinuosa.

De repente Erika teve uma vontade imensa de transar com aquele homem, mas Edu queria falar. Contou, com a sinceridade dos que desocuparam um lugar malquisto, que se sentia pressionado estando em casa enquanto ela trabalhava fora. E, ao mesmo tempo, grato pelo tempo que viveu integralmente cuidando dos meninos:

— A ficha ainda está caindo. Estou muito feliz, mas também com o coração partido porque curto a convivência diária com os meninos. Curto até os perrengues, pois vejo que dou conta de resolver.

Erika amou ainda mais aquele homem tão raro.

— Você dá conta do que vier na sua direção. É um exemplo de resiliência, meu amor.

Se abraçaram, se beijaram, se deixaram levar. Erika queria dizer que a notícia não podia ter vindo em um dia melhor, que hoje mesmo ela quis mandar o trabalho para o espaço, ajeitou seu LinkedIn, entrou em contato com alguns headhunters. Ela não aguentava mais Rangel, mudar de departamento também não a faria feliz, ela queria algo novo. Ficar em casa cuidando da rotina com as crianças não era a sua. Agora, podendo respirar, conseguiria pensar com mais carinho no próximo passo. Mas não era a hora de colocar um fardo sobre o marido. Decidiu que faria a ponte do feriado e usaria esse tempo para pensar nos próximos capítulos. Um que lhe trouxesse leveza, liberdade, satisfação e vontade de trabalhar que há muito ela não tinha. Algo que a faça se apaixonar. Algo seu, talvez? Precisava peitar o desconhecido se quisesse que sua vida profissional voltasse a fazer sentido. Loucura era continuar com o Rangel. Se sentir culpada por chegar depois das oito ou sair antes das sete. Faltar nos dias mais importantes para a família. Desapontar os filhos com sua ausência sistemática. Isso era loucura.

Talvez o caminho fosse em torno da maternidade. Talvez ela precisasse de um trabalho que dialogasse com sua própria realidade. Mas trabalhar numa empresa nesse setor em Santos? Era muito específico. Não só seria difícil, mas Erika começava a atinar que talvez não devesse mais ser uma funcionária. Ela se dedicava demais para isso, e sempre seria assim. Precisaria, talvez, aceitar que seu caminho era empreender. O que uma mãe precisa que pode ser oferecido como serviço ou como produto? *Paz de espírito*, pensou e riu. Zilda e Thaís ririam juntas se estivessem ali. Um mar de possibilidades, um horizonte pouco óbvio mas decidido em separar o que foi do que vem.

~~~

Na manhã seguinte, Erika não resistiu. Torcia pelo novo emprego de Edu, mas não podia mais colocar sua felicidade em modo stand-by. Talvez o fardo fosse mesmo pesado para ele, mas a beleza de ter uma vida em comum é ter a proeza de segurar a onda do outro. Estava na hora de o marido segurar para ela poder respirar aliviada.

Erika foi ao escritório finalizar um ciclo sem saber se o próximo seria bem-sucedido. Chegando na sala de Rangel, ela não estava nervosa. Nem precisou ensaiar um discurso, como costumava fazer. Sabia que sua verdade estava toda registrada, pronta para sair. Primeiro, ela agradeceu por todas as oportunidades e pelo tempo de trabalho ali, informando que já havia apresentado a carta de demissão ao RH. Rangel teve a reação que validava a ação. Ressentido e autocentrado, levou para o lado pessoal, como Erika sabia que aconteceria. Disse que ela era ingrata e não soube honrar a oportunidade que ele lhe dera.

— Você nunca vai encontrar uma empresa como a minha — esbravejou.

Erika, sempre ponderada, deixou que as palavras transbordassem com suavidade e firmeza:

— Você não é dono da empresa. Se percebesse isso, talvez fosse mais gentil com os funcionários. E, de fato, espero nunca encontrar uma empresa sob sua direção, que reúne tudo que não quero para a minha vida. — Não foi assim que ela havia planejado agir. A ideia era falar o menos possível, mas ela não conseguiu.

    O diálogo durou poucos minutos. Erika nem chegou a colocar a bolsa sobre sua mesa. Juntou um porta-retratos da família na praia e a suculenta que a acompanhava, presente de Edu quando ela começou a trabalhar ali. Eram as únicas certezas de cada dia naquele lugar. A sensação ao olhar ao redor e perceber que sua sala nunca lhe pertenceu era da mais profunda paz. Daquelas que só sente quem tomou uma grande decisão, e era a correta. Naquele dia, teve pizza com Edu e os meninos. Com água morna lavou os pratos, a alma também.

capítulo vinte e sete
tão longe

Zilda chegou na sala, Lua a tiracolo, bem no instante em que Suzana estava saindo.

— Ué, ia embora sem falar nada? — pergunta.

— Vocês estavam dormindo e eu não quis fazer barulho. Vou pro salão resolver algumas coisas. — O tom de Suzana estava esquisito, formal, distante.

— Mas fica para tomar um café comigo — disse Zilda. — Vamos conversar um pouquinho.

Zilda sabia que a amiga tinha ficado chateada no dia anterior. Assim que abriu a boca se arrependeu. Nem tentou fingir normalidade, que ela e Suzana não tinham disso, a amizade fundada em honestidade resistiu à prova do tempo. Ela pediu desculpas pelo dia anterior. Como era difícil fazer tudo certo, falar as coisas certas, quando se está tão exausta. Deu um beijo delicado no rosto de Suzana. Isso também nunca mudou.

Suzana nunca quis ser mãe. A ofensa tinha sido outra. Ela precisava pensar no que estava sentindo pela amiga de tanto tempo. Amava Lua como se fosse sua filha. Amava Zilda como se fosse sua. Já tinha ficado claro lá atrás, nas festas da juventude em que Suzana desaprovava todo ficante de Zilda. Mais claro quando a amiga engravidou e se mudou para seu apartamento. Mais ainda ao acompanhar com ternura as mudanças no seu corpo. Fluorescente quando Lua nasceu e fez fundir a vida das três. Pelo menos era o que Suzana pensava até ontem.

— Meu irmão conseguiu um trabalho para mim no Rio de Janeiro. É num salão bem bacana, só vai gente importante. Fazia tempo que eu queria fazer um treinamento lá e trazer algumas técnicas para o meu salão. Seriam alguns meses. — Zilda quase engasgou com o café. As duas nunca ficaram longe uma da outra. Era impensável, ainda mais com Lua tão pequena e ela precisando tanto de apoio. O Rio de Janeiro parecia outro país. — Preciso pensar em mim, na minha vida, entende? — Suzana estava com dificuldade em olhar nos olhos da amiga. — Tenho que ir. Vai ser bom para mim. E não há nada nem ninguém que me prenda aqui. Tem?

Zilda sentiu como se um band-aid houvesse sido arrancado levando junto parte da pele.

— É claro que tem, pelo amor de Deus, é claro que tem. Tem a gente, mulher. A gente sem você não funciona, não é a gente. Somos uma quando somos três!

As duas começaram a chorar. Por que a vida adulta tinha que ser difícil assim?

~~~

Foram dias difíceis os que antecederam a partida de Suzana. Por ora, ela só viajaria por uma semana para conhecer a equipe e acertar detalhes práticos. Ao fim do treinamento, sabe-se lá o que a vida reservaria. Talvez ficasse por lá mesmo.

Zilda tentava se acostumar com a distância falando com a amiga o mínimo possível, cuidando de Lua de forma integral, sentindo-se um fardo na vida de Suzana, pois iria para o Rio e nem alugar o apartamento poderia, porque Zilda estaria lá, sem ter para onde ir.

E o dia chegou, escuro e pesado, parecia ecoar os corações das duas. Depois da morte da madrinha, nada havia ferido tanto Zilda.

— Eu tenho que ir, ver, tentar, crescer — repetiu. — Desculpe sair assim, mas preciso.

— Tem razão, precisa ir. Você sempre esperou por uma oportunidade dessas. Tem que realizar seu sonho. — Diferente de Suzana, Zilda não segurou o choro.

— Sim, eu tenho muitos sonhos, uns até maiores que esse. Mas vou me contentar com esse que posso realizar. Então eu vou. Fica à vontade, a casa é sua sempre, se precisar de algo me procura, você sabe que pode contar comigo. Daqui a uma semana eu volto para fazer a mudança.

Foi a semana mais longa da vida de Zilda. Ela parecia ter desaprendido os cuidados com sua bebê. Tinha medo de ficar sozinha com ela, estremecia a cada resmungo, até parou de cantarolar e conversar, como se fosse meio ridículo fazer aquilo sem a consciência de que a amiga estava sintonizada. A noite era a pior hora. Zilda amamentava na penumbra, e não havia mais o quentinho do ressonar de Suzana. A possibilidade de um apoio. O absurdo de um sanduíche no meio da noite. A TV ligada até tarde porque a vida também tinha aspectos de normalidade.

~~~

Sete dias de muita reflexão que chegavam ao fim. No final das contas, Zilda sentiu uma falta doida de Suzana, mas a distância a ajudou a colocar as coisas em perspectiva. Ela trocava a fralda de Lua quando o interfone tocou. Eram Erika e Thaís. Zilda já estava com tudo pronto e desceu voando. Entrou no carro, e seguiram rumo à rodoviária. Já haviam falado muito sobre o assunto no grupo do WhatsApp, mas o que se fala lá muitas vezes precisa ser repetido para ser real.

— Você precisa dizer a ela o que sente — disse Erika. — É sua melhor amiga da vida toda, vai te entender e, muito provavelmente, sente a mesma coisa. Deve estar só esperando você pedir que ela fique.

Escutando as palavras da amiga, Zilda sentia ainda mais frio na barriga, o coração ainda mais acelerado, uma vontade cada vez mais desmedida de chorar, dar vazão a esse sentimento, o mais forte que foi se transformando e se consolidando ao longo da vida. Thaís, sentindo a ansiedade crescendo no peito de Zilda, apenas a abraçou, beijou-lhe a testa.

— Tudo vai dar certo — disse. — Acalma esse coração.

Na rodoviária, a cena parecia filme de sessão da tarde. Thaís segurava Lua enquanto Zilda apressava o passo para encontrar a amiga recém-chegada na plataforma. Suzana não fazia ideia de que Zilda estaria ali para buscá-la. Quando Zilda chegou lá, a amiga já havia saído do ônibus, provavelmente a caminho do táxi. Precisavam correr porque o caminho era agora. A visão de túnel se abria, as coisas ao redor ganhavam nitidez. Ela corria como se não houvesse um bebê. Corria como se levasse consigo o perfume de uma semana. Como se funcionasse com um motor movido a gritos e arfadas. Deixando os sapatos pelo caminho.

Ao longe, Zilda avistou a mala laranja inconfundível, tão irreverente, tão Suzana. Ignorando o que havia ao redor, esquecendo até da presença de Erika e Thaís com Lua chacoalhando docemente, para alegria da pequena. As amigas tentavam inutilmente acompanhar seus passos. Sentindo a brisa do alívio e da liberdade contida por tanto tempo, esbravejou:

— Me diz que você veio para ficar! Você é a mulher da minha vida!

As pessoas em volta aplaudiram. Zilda voltou a si, mas os olhos não deixavam Suzana. Primeiro lentamente, depois acelerando, acreditando aos poucos, Suzana correu também. Deixou a mala laranja tombar. As duas agora eram apenas dois corpos prontos para a mais linda das colisões. Era aquele o cheiro. O cheiro de familiaridade. E como se fosse possível, como se fosse óbvio desde sempre, o cheiro de amor e, ao mesmo tempo, cheiro de começo.

capítulo vinte e oito
nasce a rede

Elas estavam cheias de dúvidas, telas em branco, felizes. Sabiam que a vida era uma incógnita, mas tinham que comemorar todas aquelas formas de libertação. Thaís tirou da sacola uma garrafa de champanhe com três taças.

— Um brinde ao que não está resolvido! — disse sorrindo.

— Um brinde ao desconhecido que mora ali, no fundo desse mar! — acrescentou Zilda.

— Que os próximos seis meses sejam tão reveladores quanto os que passaram! — gritou Erika. As três estavam extasiadas, comemorando meio ano de amizade. Fizeram os devidos brindes e correram para o mar.

Nesse mesmo dia, após um dedo de champanhe, Zilda ensinaria as amigas a fazer *stand up paddling*. Com ela, aprenderam que é bem mais fácil ficar sobre a prancha quando o mar está calmo, mas emoção mesmo é quando tem marola, quando a gente quase cai, ou cai mesmo, e sabe rir da queda. É subir novamente na prancha, recomeçar a remar, até a marola seguinte. Iam conversando, remando, os olhos fixos nas ondas, os pés firmes pelo tempo que conseguissem. Não importava quanto ficavam em pé, mas quanto aquilo tudo fazia rir, fazia bem, os corpos encharcados de endorfina. Por um instante, os problemas não existiam. Eram apenas elas três à deriva. Em tão pouco tempo de amizade e eram o Trio.

No céu, uma nuvem lembrava uma fralda. As três riram quando Thaís apontou. Era um daqueles momentos que, mesmo sem algo concreto para amarrar, traz a certeza de que jamais será esquecido porque antecede uma grande mudança, não se sabe qual. Poucas certezas e muita conexão.

Era amizade em seu estado mais bruto, e dali para a frente só seria mais refinada. Fariam algo. Algo maior que aqueles encontros. Sabiam que na mesma praia onde se conheceram e Matheus quase se afogou, estavam acertando os caminhos para seguirem juntas.

~~~

Foi Erika quem levantou a bola. Recuperou a conversa que tinha ficado entrecortada no apartamento de Zilda algumas semanas antes. A necessidade de mudar de ares a inspirou a pensar no que faria agora. Não deixaria para amanhã. Ela nunca deixava. E foi assim que lhe voltou a revelação.

— E se a gente abrisse um negócio juntas mesmo? Lembra que falamos sobre o assunto? — Thaís e Zilda se entreolharam, depois olharam para Erika, esperando que prosseguisse. Haviam conversado brevemente sobre o assunto, mas era só uma ideia de momento, ninguém realmente pensou nisso após a conversa. Ou pensou? — Vamos analisar juntas. Do que uma mãe mais precisa? Do que vocês mais precisam?

— Preciso dormir, preciso de mais tempo para mim, preciso de acolhimento — disse Thaís, a resposta na ponta da língua. — E quero voltar a atender pessoas, ajudar a melhorar vidas. Voltar para uma clínica.

— Eu concordo com a Thaís, me falta tempo e acolhimento. Preciso também de segurança financeira e um sonho para poder voar mais alto. Adoro trabalhar para o seu Francisco, mas sinto que não é meu destino final — acrescentou Zilda.

— Não mesmo — rebateu Erika. — Vocês falaram de duas coisas importantes que toda mãe precisa: um espaço de acolhimento e um espaço de sonhos a serem alavancados. Mães precisam desses espaços. Vocês por acaso conhecem algum lugar em que podemos deixar nossos filhos enquanto organizamos reuniões? Uma verdadeira comunidade? Um espaço dedicado só para isso, com compartilhamento de bons ou maus momentos?

Tudo o que Erika andava refletindo saiu como um rio caudaloso diante daqueles olhos.

Zilda adorou a ideia, mas estava apreensiva. Ter um espaço significaria investir, e ela simplesmente não tinha de onde tirar capital. Thaís pareceu ter ouvido seus pensamentos.

— Eu poderia acionar uns contatos e apresentar o projeto para alguns investidores potenciais.

O sonho crescia dentro de cada uma. Tomava forma, ocupava o peito, tinha até cheiro de mar e sabor de café da tarde com bolo de fubá, tilintar de taças comemorativas. Nascia a ideia que daria origem ao Mar de Mães.

capítulo vinte e nove
o "não" a gente já tem

As três saíam da quinta reunião daquele mês.

— Vocês viram que o homem nem olhou na minha cara? Eu falava e ele rodava o celular na mesa, incapaz de me olhar nos olhos! — Thaís estava furiosa. As três estavam frustradas. Não imaginavam que arrecadar financiamento para um negócio inovador como o delas fosse tão difícil. Uma ideia tão brilhante! Com tanto público-alvo!

Erika havia encabeçado a pesquisa. Com dados e vivências, as três sabiam do que as mães precisavam. Do que queriam, do que sentiam falta. Mar de Mães seria um lugar de acolhimento e reestruturação. Um andar inteiro num prédio comercial que receberia mães da região e até de São Paulo para mentorias, cursos e palestras sobre empreendedorismo e vida pós-filhos. Um espaço que ofereceria área de trabalho e de descanso. Uma sala zen com vista para o mar, música celta ao fundo, aroma de eucalipto e infusão de gengibre com hortelã para aliviar o cansaço e repor as energias. Uma outra sala, sob responsabilidade de Zilda, em que os bebês seriam cuidados enquanto as mães precisavam de um *break*. Meia hora que valia dias de descanso. Espaço para que as mães que trabalham remotamente pudessem fazer reuniões com clientes ou fornecedores. Atendimento psicológico e psiquiátrico feito por Thaís. Um projeto feito por mãos tão competentes para um fim tão nobre não tinha como dar errado. O objetivo era tornar viável a independência financeira dessas mães, abrir-lhes um mar de possibilidades.

Mas ninguém enxergava o potencial daquele negócio. Nenhum investidor achou que existia de fato um "produto rentável". Porque, no final das contas, é sobre dinheiro. Erika já havia antecipado isso, sabia que os olhos de um investidor só brilhariam se vissem cifrões. Montou um dossiê e uma apresentação com as estimativas de gastos iniciais, previsão de retorno do investimento, margens de lucro, orçamentos, tudo muito sólido. Estava em seu território, sabia do que falava. Mas não adiantava. Os poucos executivos que concordaram em recebê-las pediam para ficar com a pastinha de apresentação, e ficava por isso mesmo. Quando ligavam para saber se haviam analisado a proposta, a resposta vinha desconfortável. Ninguém sentia prazer em dizer *não* para três mães tão bem-intencionadas.

A cada negativa elas sentavam para debater o que tinha dado errado. Reviam se alguma parte daquele novo conceito não fazia sentido — será que o espaço para bebês era uma viagem? E as mães, iriam mesmo participar de cursos e palestras? Teria gente suficiente? Os números eram realistas? A conclusão era sempre a mesma: o projeto está redondo, só não encontraram ainda a pessoa certa, capaz de enxergar o potencial daquela empresa.

Era uma quinta-feira de outubro, e as três caminhavam rumo à orla. Era final de tarde, o sol bem baixo, mas ainda muito quente. Sentaram-se sob um quiosque, pediram uma água de coco e esperaram o sol sumir. Cansadas e frustradas demais para falar, respeitaram o silêncio. Depois levantaram, foram cada uma para seu caminho, cuidar da vida que acontecia. Amanhã se reencontrariam, mas não teria reunião. Amanhã seria dia de conversar, de praia, de *stand up*. Está certo que o Universo não parecia conspirar a favor, mas morar naquele lugar, conhecer aquelas pessoas, viver esses momentos já era algo a agradecer. Amanhã iriam à praia e seriam três amigas se reenergizando.

As marolas quase inexistentes prometiam um dia perfeito para se encontrarem. Zilda chegou com a prancha imensa em punho depois de deixar Lua na escolinha. O sol esquentava. Thaís passava protetor solar em Bento. Assim que bateram nove horas, o telefone de Erika tocou. Depois de um cordial cumprimento, ela emudeceu. Apenas ouvia, as amigas ao lado apreensivas, os olhos arregalados, as mãos nos joelhos de Erika. Elas pressentiam, tinham certeza de que do outro lado da linha estava o "sim". A expressão de Erika era neutra. Como ela conseguia manter-se fincada ao chão, as amigas jamais entenderiam, e muito a admiravam por isso.

Ela fitava os próprios pés quando disse para a mulher do outro lado da linha que falaria com as amigas e retornaria a ligação. Erika, ao fim de cinco minutos, desligou o telefone e curtiu aquele momento de expectativa. Olhou para Zilda, para Thaís, abriu aos poucos o sorriso que as amigas esperavam.

— Conseguimos! — gritou Erika. — E só conseguimos porque somos esse Trio! Renata topou investir o que pedimos, tudo, tudo. Contanto que fôssemos nós três as sócias. Ela enxergou aquilo que só nós havíamos enxergado até agora. Enxergou o que só uma mãe como ela enxergaria, que só daria certo se estivéssemos as três sobre a prancha, remando juntas.

Pularam, abraçaram-se. Finalmente conseguiram. Foi um dia especial, um dia de nascimento. Se entreolharam estupefatas, choraram, riram, choraram mais, deixaram-se inundar por aquele sentimento incrível de responsabilidade e liberdade, ansiedade e certeza de que o caminho era aquele.

Erika precisava ligar de volta para Renata. Precisavam marcar a primeira reunião para ajustar detalhes antes da assinatura da papelada. Mas Renata esperaria uma hora. O sol já estava quente, o mar sussurrando "Entrem, entrem". Elas ouviram e correram para o mar, Bento ficou nos braços aconchegantes de Rosa, as pranchas sacudiam leves naqueles braços fortes. Seria o melhor dia do Trio no mar. Não viam a hora de passar a rebentação e remarem juntas.

parte dois
mar de mães

capítulo trinta
mar de mães

Elas se viam quase diariamente, disso não podiam reclamar. Jogavam beijos pelos ares, agitavam o celular querendo dizer "nos falamos por aqui", sempre correndo, antes de reuniões com fornecedores e investidores, comunicação e marketing, financeiro, patrocínio, criação de produtos, atendimento ao cliente e a mais nova área: recrutamento e seleção. Porque, sim, Mar de Mães crescia. E se encontrar mesmo, bater um papo na praia como antigamente, era impossível. A clínica psicológica e psiquiátrica de Thaís logo na entrada ia de vento em popa. A sala zen, ao fundo e de frente para o mar, de fato foi criada, e o marketing se fazia no boca a boca a ponto de terem que montar uma planilha para agendamento. As salas para trabalho remoto também estavam sempre ocupadas. Erika estudava a possibilidade de, em breve, alugar mais um andar no prédio. Nunca trabalharam tanto, mas nunca sentiram tanto gosto pelo que faziam.

Mar de Mães completou um ano de vida, e elas não faziam ideia de como conseguiriam planejar e encaixar uma comemoração na agenda abarrotada, fosse por causa da empresa, fosse pelas demandas incessantes da vida. Um ano e ainda tinham tanto a pôr de pé, mas o que estava de pé já era lindo, de fato a roda só girava porque eram um Trio.

Um ano desde a última remada juntas. Queriam comemorar aquela data com um simples mergulho, remando algumas ondas sobre a prancha. Podia ser bonito algo assim. Mas era impossível coordenar a agenda das três. Cansaram do "deixa só passar essa loucura" e não passar. Do "agora tem que dar certo" e nunca dar. Os dias passavam, e as trocas mais extensas aconteciam por gravações no celular. Quando se encontravam, era sobre trabalho que discutiam, sempre correndo. O contato quase diário era pontual, cada uma de sua sala, matando leões a metros umas das outras.

ZILDA E hoje?

ERIKA Matheus tem festinha, tô de "mãetorista". E reunião com a agência até as seis. Quinta rola?

THAÍS Estarei sem a Rosa me virando nos trinta, amanhã o Victor pega o Bento, vocês podem?

ZILDA Amanhã não consigo! É lançamento do grupo de bate-papo. Prefiro não me comprometer.

ERIKA Mas, gente, quando?

THAÍS De fim de semana não rola? Se a gente combinar uns dois dias antes, consigo organizar da Rosa ficar com o Bento.

ZILDA Já eu consigo saber só no dia porque a agenda da Su é um caos, muda toda hora, não consigo garantir que ela poderá ficar com a Lua.

ERIKA Ai, gente. Uma hora dá certo.

Uma hora daria. Seguiam tentando marcar, mas sempre havia algum empecilho. Marido viajando, parceira trabalhando, bebê doente, reuniões, planilhas, mais reuniões, apresentações, mais criança doente. Foi essa a vida que escolheram. E, exaustas, não mudariam nem uma vírgula.

capítulo trinta e um
e *a culpa* é de quem?

Thaís se sentia sozinha, exausta. Trabalhava muito, a vida estava tão corrida que ela não tinha mais tempo de conviver com Erika e Zilda a não ser como sócias. Sentia falta de um parceiro que aliviasse a rotina. Precisava contar com Estela para buscar Bento na escolinha vez ou outra, para poder respirar. Mas vinha sempre com um preço.

— Mãe, só preciso de um pouco de ajuda na logística. Estou muito cansada. Não dá para você me aliviar dessa vez? Preciso de um tempo para mim. O Bento fica bem com você.

Estela aproveitava cada oportunidade para trazer à tona fantasmas do passado.

— Podia ser diferente, né, filha? Você poderia estar menos cansada se tivesse me ouvido lá atrás — disse. — Não foi falta de aviso. Você fica brava quando eu digo que se separar foi um erro, mas está aí a prova.

— Você quer que eu ignore o fato de que fui traída? Desculpa, não consigo. Não tenho direito de tentar ser feliz?

— E desde quando vida de mãe é para ser feliz? Depois que a gente tem filho, nossa responsabilidade é fazê-lo feliz.

— E por acaso você lembra que eu sou sua filha? — disse Thaís. — E como o Bento pode ser feliz se eu não for?

— Que pena que você não soube me ouvir — disse Estela, mudando de assunto. — Um dia Bento vai fazer o mesmo, te ignorar, e você vai entender minha angústia. É duro ver a filha escolhendo o caminho errado, mesmo quando a mãe aponta o certo.

— Quando esse dia chegar, pretendo acolhê-lo. Entendo que os erros dos filhos são necessários para crescer. Ninguém cresce só ouvindo conselho de mãe, sabia? — Thaís já não chorava mais. Estava exausta. — Não tem jeito, mãe, você quer que eu seja como você, acha que fez as melhores escolhas. Como podem ser as melhores escolhas se te levaram a ficar assim?

Estela engoliu mais uma vez. Mesmo naquele momento, foi com amor que se recusou a contar a Thaís que havia sido traída por muitos anos. Um beijo rápido na testa da filha, e Estela foi embora.

Thaís ainda tentou segurar a mãe, não queria que fosse embora assim. Apesar de tudo nunca permaneciam brigadas, sempre se acertavam, mesmo se não concordassem. Mas dessa vez foi diferente. Estela se foi porque não suportava a ideia de desabar na frente da filha. Agora, no isolamento do elevador, podia deixar que as lágrimas transbordassem.

capítulo trinta e dois
queda livre

Era madrugada quando o telefone vibrou. Thaís atendeu de primeira.

— Mãe? Edna... O que foi? Está tudo bem com o meu avô? Não estou entendendo. Minha mãe?

De repente, o mundo desmoronou. De repente, nada e escuro e frio. Um corte profundo e definitivo se abria em seu peito. Precisava de um apoio físico. Puxou o travesseiro pela fronha, abraçou-o, queria uma almofada amortecendo a queda. Passaram-se minutos até que Thaís pudesse minimamente se recompor. Precisava falar com o avô, acolhê-lo também. Queria estar ao seu lado para enfrentarem juntos essa dor. Mas não conseguia formular uma frase. Finalmente respondeu a Edna:

— Estou indo praí. — Um pesadelo. Ligou para Victor ficar com o filho e, enquanto ele não chegava, mandou mensagem para Rosa.

No meio daquele afogamento, Thaís conseguiu acessar as lembranças mais doces. Pareciam esquecidas depois dos últimos anos de conflitos quase diários. Lembrou-se da mãe dançando só para ela, fazendo-a rir, ao som das Frenéticas. O sorvete de final de tarde acompanhado da precaução: "Se estragar o jantar, amanhã não tem doce". O passeio de bicicleta sob olhos atentos e contentes. As pequenas broncas do pé sujo no sofá, dos dentes mal escovados, da lição de matemática que ficou pela metade.

Houve um tempo em que tudo era mais simples e o amor bastava. Em que momento tudo se complicou a ponto de elas não conseguirem concluir uma conversa? Em que momento o que era abraço passou a ser espinho? Em algum lugar do tempo elas eram uma da outra. E, agora, toda a história seria apenas memória, que inevitavelmente minguaria com o tempo. Não haveria chance de reconciliação. Não haveria redenção, pedidos de desculpas, abraços apertados com cheiro de lavanda. Acabaram-se as batidas nas almofadas que tanto incomodavam Thaís e, agora, em minutos, tornaram-se parte de uma boa lembrança.

O que mais doeu foi o dia seguinte. Thaís olhava o sol e não entendia como era possível que o dia nascesse como se nada tivesse acontecido. As pessoas caminhavam na mesma velocidade, as barracas abriam na praia, os ônibus paravam no mesmo ponto. O mesmo ir e vir, subir e descer. Aquelas pessoas não faziam ideia de que Estela tinha morrido. Ela tinha morrido! Desaparecido do planeta. Estava nas mãos de Deus, mas longe de um carinho e, principalmente, de uma possibilidade de reconciliação.

Thaís sabia que algo havia acontecido na vida de Estela para tê-la feito mudar tanto. E ela teria que conviver com essa questão mal resolvida. Por que não foi atrás com mais afinco? É capaz que a mãe mudasse de assunto, a chamasse de louca, mas ela insistiria, não arredaria o pé nem reviraria os olhos. Ela a encararia. Seguraria suas duas mãos que buscavam almofadas para bater. Ela a faria sentar-se na sua frente e explicar, de uma vez por todas, por que sua vida mudou de rumo. Por que azedou e nunca mais voltou. O que sugou todo aquele amor, aquela doçura de outros tempos.

Enquanto remexia o passado e procurava respostas que jamais teria, Thaís tinha muito que resolver, mas faltavam forças para o velório, o funeral, a escolha cruel do caixão, da roupa com que Estela seria enterrada, o início de uma papelada sem fim. Mesmo sendo a única herdeira e a mãe tendo deixado sempre tudo organizado em pastinhas.

Francisco estava em choque. Jamais imaginou que enterraria a filha. Zilda foi uma irmã e se ocupou dele. Era a única pessoa, além de Thaís, que ele deixava chegar perto. Victor ofereceu sua "ajuda" com Bento e se fez mais presente para não sobrecarregar tanto Rosa, que acumulou as tarefas e precisava cuidar da casa. Erika deu a mão a Thaís e mergulhou junto em todas as burocracias. Foi atrás de registro, atestado e certidão de óbito. Organizaram juntas o velório e o sepultamento. Notificaram amigos e familiares. Mesmo após o velório, Thaís continuava perdida, e foi Erika quem encaminhou os trâmites legais e financeiros, uma odisseia que começava.

Após a escuridão inicial, Thaís olhou em volta e enxergou a aldeia. Ela sempre se sentiu tão só após a maternidade, e, de repente, aquela tristeza sem fim teve uma beleza estranha, uma dor conjunta, difícil de descrever. A união que só a morte é capaz de fazer nascer.

~~~

Havia poucas pessoas no velório, não mais que quinze. Thaís sabia que não seria diferente. A família era pequena e as amigas, raras. E é assim que ela quereria se pudesse ter escolhido. Só quem realmente importa, quem realmente se importava com ela. Francisco precisou ser levado para fora da sala do velório. Estava abafado, e a ideia de estar ao lado da filha morta era insuportável. Thaís permaneceu sentada ao lado do caixão, como se tentasse aos sussurros ter uma última conversa com a mãe, aquela derradeira, em que se abraçariam e tudo teria ficado às claras, tudo teria feito sentido e os corações teriam se unido depois de tantos anos de desencontros.

O que se sucedeu foram dias estranhos. A missa de sétimo dia parecia ter demorado anos para chegar. Thaís queria acabar logo com aquele rito de passagem, que, ela sabia, era importante. Mas já tinha bastado. Queria digerir o luto e, aos poucos, retomar a vida, sabendo que a dor da perda não iria embora tão já, ela é que teria que se acostumar com essa ausência. As pessoas importantes estavam todas lá. Estariam lá amanhã e depois. A rede se formava, provava que existia, para as mais duras das quedas.

capítulo trinta e três
margarida

Dia de comprar verduras e frutas sempre foi coisa sagrada para Zilda. Dos poucos programas que ela fazia questão de ir apenas com Lua. Resolvia a lista ao mesmo tempo que apresentava cada item à pequena. Demorava o dobro do tempo para concluir a compra. Por isso, era sempre de sábado. Dia de encher a geladeira e deixar Suzana dormir um pouco mais antes do caos de um salão aos sábados.

Foi numa manhã assim que Zilda, na quitanda, foi interrompida por uma desconhecida:

— Você é amiga da Thaís e do seu Francisco, né? Acho que te vi no velório da Estela. — O rosto parecia familiar, mas, naquele dia de despedidas, toda a atenção de Zilda estava voltada para a amiga e seu avô.

— Desculpe, não consigo lembrar — disse Zilda.

— Imagina. Foi um dia difícil. Thaís estava inconsolável. Perder a mãe assim, tão de repente. Ainda mais depois de uma discussão.

Zilda estranhou. Como aquela mulher sabia tanto? Ela contou que Estela sempre falava com muito orgulho da filha, que teve coragens que ela não conseguiu ter: jogar-se em amizades intensas, separar-se de um homem insuficiente, colocar-se em primeiro lugar. Tudo coisa que Estela não soube viver. Zilda escutava, parecia que a mulher estava falando de outra pessoa. A Estela que conheceu era muito dura, achava que elogio estragaria a filha e parecia um escudo diante de qualquer afeto.

Zilda perguntou seu nome. Margarida. Era esquisito que uma estranha a abordasse de forma tão direta, mas ao mesmo tempo tão familiar. Porém, de alguma forma, Zilda se sentiu à vontade para falar sobre maternidade, sobre culpas, sobre as tentativas eternas de acerto.

Lua começou a se remexer no carrinho, impaciente. Estava na hora de voltar. Zilda abaixou-se para pegar um saquinho e agilizar suas compras enquanto conversavam, mas logo interrompeu a fala. Quando se levantou, Margarida já tinha partido.

capítulo trinta e quatro
ficando em pé

Thaís vivia seu luto tentando montar um quebra-cabeça que nunca chegava ao fim, não estava completo com todas as peças. Tomava café da tarde enquanto revia fotografias do tempo em que sua mãe ainda existia. No cadeirão, Bento comia uma fruta e batia com afinco uma colher sobre a bandeja, alheio ao sofrimento da mãe. Rosa percebia a tristeza de Thaís sem saber como ajudar. Foi então que o telefone vibrou, com uma mensagem de Erika no grupo das amigas:

> **ERIKA** Estamos aqui embaixo! Desce que no caminho a gente te explica.

Thaís ficou perdida, até um pouco contrariada. Ela queria voltar para o trabalho, mergulhar em demandas para se distrair, mas a mensagem de Zilda parecia ter lido seus pensamentos.

> **ZILDA** Não pensa muito, só desce, mulher!

Rosa já sabia de tudo e trouxe uma sacola com biquíni e protetor solar. Não havia muito tempo para hesitação. Thaís beijou demoradamente a testa de Bento:

— Mamãe vai e mamãe volta, tá?

Erika e Zilda buzinaram para acelerar a amiga. Pareciam animadas. A partida de Estela abriu espaço para aquela amizade voltar a florescer além do trabalho. Era o começo de uma tarde entre amigas para desanuviar todas as dores e encontrar um céu aberto naquele tempo de dor. O Trio sentaria de novo na beira da praia, e seria proibido falar de trabalho.

— Vocês estão doidas?

O bom de se sentir segura entre amigas é não precisar controlar nada. Ao lado delas, qualquer lugar seria um abrigo.

— Eu sinto muito por você — disse Zilda, relembrando o velório. — Nem vou te dizer que esse tipo de dor vai embora. Ela passa a morar na gente, e a gente se acostuma a tê-la ali. Você sabe disso, aprendeu cedo quando seu pai faleceu, né?

— Eu ainda não acredito que não tenho mais ninguém. Pai, mãe, marido, todo mundo se foi. — Thaís chorava novamente.

— Ei... Tem a gente, querida — disse Erika. — Estamos aqui sempre, sendo colo, sendo prancha. Sendo a força para remar contra a inércia da tristeza.

— Não sei o que seria de mim sem vocês, meninas — falou Thaís. — É tão bom me sentir acolhida... Desculpe se hoje sou má companhia, vocês nem deveriam ter me chamado, mal consigo sorrir e...

Zilda a interrompeu:

— Não, não, não. A gente veio te buscar sabendo exatamente quem a gente iria encontrar. É você que a gente queria aqui, agora.

De repente, uma música da época da adolescência tocou no rádio.

— Eu amava essa música! — Por um momento, Thaís conseguiu esquecer do presente. Pareciam três adolescentes dentro do carro, cantando aos gritos aquela música alegre do Kid Abelha. Por uma tarde, ficariam sem filhos e preocupações. Tudo poderia esperar. Mas, ao baixar o vidro do carro, o vento e a melancolia voltaram a invadir Thaís. Era incontrolável. Thaís, que estudou por longos anos os caminhos neurais, se via impotente frente àquelas emoções.

Um vendedor de flores se surpreendeu ao ver aquelas mulheres em uma alegria tão contagiante, mas notou o choro que havia passado pelo rosto de Thaís. Passou pela lateral do carro e ofereceu-lhe uma flor. Assim, sem mais. Thaís até tentou pagar por ela, mas ele recusou. Um presente.

Chegando à praia, as três pareciam uma só. Unidas pela saudade e pela amizade. Há tempos que tentavam marcar um momento só delas que a correria da vida nunca permitia. Como era bom tocar os pés na areia sem baldinho de criança nem gritos de "manhê". Naquele momento, havia paz.

— Eu estava sentindo tanta falta disso... — afirmou Thaís.

— Do mar? — respondeu Zilda, cutucando de leve. — Da gente, né? Da gente juntas.

A ideia do encontro na praia veio de Zilda. Ela surfava sempre que sobrava um tempinho, e, se não sobrava, ela dava um jeito. Sua prancha de *stand up* era sua casa. Sobre ela, remava se apoiando nas lembranças do pai, em uma vida construída no mar. Ao seu lado, sabia que morava a felicidade, mesmo que fugaz. Ela não tinha dúvidas de que era disso que Thaís precisava para um respiro no meio de tanto sufoco.

— É muita água, né? O mar me lembra a maternidade, nunca sei o que vou encontrar. Tem dias que está uma lagoa e me equilibro melhor na prancha. E tem dias que eu capoto o tempo inteiro. Subo e caio, subo e caio, subo e caio. E tudo bem. O mar ensina, eu vou sempre aprender — disse Zilda às amigas, que concordaram. — O mar também cura — completou, olhando para Thaís. — Não só machucado na pele. Cura a alma.

Sentada na areia, o olhar de Thaís parecia se fundir com o horizonte.

— Está pensando nela, né? — perguntou Erika.

— Me dói que a gente não tenha construído uma relação legal — respondeu Thaís. — Desde a adolescência não ouvia dela que estava fazendo algo certo. Nenhuma escolha agradava. Ela só me criticava, e eu queria tanto ser sua amiga! Lembro dela tão amorosa, nossa relação era promissora. Foi ficando dura com os anos, e, agora que não podemos mais conversar, eu nunca vou saber onde foi que perdemos a mão, onde foi que eu errei.

Então Zilda se lembrou do encontro com aquela mulher misteriosa.

— Thaís, ontem eu conheci uma amiga da sua mãe. Ela veio falar comigo do nada. Bonitona, cabelos castanhos compridos, olhos grandes e expressivos, um pouco como os seus. Um sorriso largo e fácil. Tinha mais ou menos a nossa idade. Ela sabia que vocês tinham discutido e falou do orgulho que sua mãe tinha de você. Falou que você teve "coragens que ela não teve".

Atônita, Thaís tentava lembrar de alguma amiga da mãe que seria próxima assim, mas nenhuma lhe veio à cabeça. As poucas que sobraram estavam há anos distantes.

— Minha mãe não tinha amiga da nossa idade. Qual era o nome dela?

Zilda falou que era Margarida. Uma palavra, e as lágrimas caíram apressadas. Como era possível? Só conhecia uma Margarida. Amparada pelas amigas, Thaís contou que sua avó materna chamava Estela de Margarida. Que Estela dançava pela sala quando havia visita e sua mãe cantava "Apareceu a margarida, olê, olê, olá...". O apelido ficou.

— Tenho certeza que ninguém soube da nossa discussão, só vocês.

Erika, a mais racional de todas, ficou sem palavras. Zilda falou que "nem era para entender, tem coisa que só..." não conseguiu continuar, ficou arrepiada, os olhos marejados, uma confirmação da existência de algo maior, em que se apoiava sua espiritualidade.

Então Erika apontou para a flor: a flor que Thaís havia ganhado do vendedor e estava presa em seu biquíni era uma margarida. As três se abraçaram longamente.

— Difícil entender tudo isso. É um recado? Um sinal da sua mãe? Que lindo isso, gente! Thaís, encare como uma mensagem para você seguir sendo quem é — disse Erika. — A mãe toma caldo, engole água, mas também levanta. Inclusive a *nossa* mãe. A sua sentia orgulho de você, ela só não sabia dizer, mostrar isso.

Thaís sentia como se tivesse tirado um peso gigante de seus ombros. Foi difícil passar a juventude e o início da vida adulta tentando agradar à mãe de todas as formas sem sucesso. Nunca havia lhe passado pela cabeça que pudesse ter sido doloroso para ela também: querer elogiar e não conseguir. Ela vinha de uma geração em que as cobranças eram muitas. Estela foi o que conseguiu ser. Nunca foi desamor, e sim uma forma torta de afeto que fez ela e a filha sofrerem e perderem bons momentos juntas.

— Talvez esse sinal tenha vindo para eu não tentar ser diferente de quem sou. Que sou suficiente fazendo o que dou conta de fazer e sendo quem consigo ser — falou Thaís.

De pé e limpando a areia das mãos, Erika completou:

— Menos tempo tentando ser perfeitas e mais tempo sendo felizes, combinado?

Emocionada, Thaís se declarou às amigas:

— Vocês me lembram que eu existo... Vamos fazer uma promessa? Uma vez por mês um momento só nosso, sem criança, sem amores, sem trabalho... Só a gente.

Erika concordou:

— Uma vez por mês é pouco, mas realista.

Zilda chegou perto das pranchas de *stand up* e disse:

— Que seja uma vez por mês, mas o compromisso será sacramentado com essas pranchas.

No fim da tarde de toda primeira segunda-feira do mês, elas largariam tudo. Sem reuniões, sem consultas, já tinham uma equipe que conseguiria fazer rodar a empresa por um dia. Estariam juntas, se inundando de amor e de sol.

— E se eu cair, Zilda? — perguntou Thaís.

— Se cair, a gente tá junto, ué, a gente se ajuda e levanta, como sempre foi.

~~~

A tarde passou rápido, e no horizonte de Santos mais um dia chegava ao fim.

— Uma vez escutei que pedir algo no pôr do sol tem mais chance de acontecer porque o sol leva o recado para Deus — disse Thaís. — Meu desejo é que todas as mães tenham amigas como vocês.

— O meu é que o Mar de Mães dê tão certo que possamos comemorar muitos outros anos como sócias — respondeu Zilda.

— O meu é que o Edu esteja preparando o jantar das crianças — ironizou Erika. Todas riram daquela leveza. Juntas, tudo era redondo, tudo era fácil e quentinho.

Elas caminharam segurando as pranchas em direção ao mar. Antes de entrar, Thaís olhou mais uma vez a margarida presa em seu biquíni. Retirou delicadamente a flor, pousou-a na água e deixou-a ir. A flor cumpriu seu papel. A lembrança da mãe ficaria para sempre.

Já em alto-mar, avançavam satisfeitas. Tinham não mais que uma hora antes de escurecer completamente. Não dava para esperar a vida ficar mais fácil para momentos como aquele. Eram mães, mulheres, empreendedoras. São muitos papéis, muitas dores e apreensões, alegrias e lutos. Caminhavam lado a lado para a primeira onda daquela que viria a ser tradição. Quem via de longe enxergava amigas caminhando rumo ao mar. Não dava para imaginar que aquelas três mulheres eram um mar inteiro abraçando outras mães.

Fontes EDITORIAL OLD e HELDANE
Papel PÓLEN BOLD 90 G/M²
Impressão IMPRENSA DA FÉ